毛姆文集
W. Somerset Maugham

纯属私事
Strictly Personal

〔英〕毛姆 著　曾毅 译

上海译文出版社

致骑士司令官级皇家维多利亚勋章[①]获得者爱德华·马什[②]爵士的信

亲爱的艾迪：

在向你寄出这本书之际，我心怀忐忑。我很清楚，与许多人在战争爆发后所经历的更危险、更重要、更激动人心的故事相比，我在书中讲述的小小冒险实属平淡。我用大量篇幅讲述了每一个英国人都曾有过的体验，呈现了大多数英国人早已通过报纸熟悉的一些人物。我原本无意在英国出版这本书。它是为美国读者而写的，因为我觉得有些话说出来或许对他们不无用处。不过，对于一个写作生涯像我这样长的作者来说，似乎总有一批这样的读者——他们阅读作品更多出于对作者的喜爱，而非对作品主题的兴趣。因此，我选择相信（或许不够明智）我也有这样一批自己认识或不认识的朋友，相信只要他们不必费事写信到美国求购，他们就会乐于读到这本小书。

可是我仍然犹豫是否应该把它寄给你，这并非仅仅因为你可能觉得它无甚可读，也因为这是多年来我第一本未经你审读校样的作品。你对粗疏表达和语法错误的批评向来辛辣（幸而它又因你的幽默、大度和善意而柔和，因你对冒号的偏爱而平易近人），而我很确信书中有很多你可以批评的东西。对行文中的疏漏不当和标点使用的错误，你的眼光至为敏锐，而我很清楚自己从中受益良多。不幸的是，因为时势的艰难，我未能像往常一样得益于你的指引。未来（如果我们还有幸看到它的话）将会证明：我们这一代人中，众多杰出的英语作家之所以能纯熟地使用这门难于掌握的语言写作，是因为他们曾承惠于你。在这个国家，有一位作曲家以其作品数量而非其独创性为人所知。人们曾说他失去记忆将是整个美国音乐界的不幸。同样地，亲爱的艾迪，如果有一天你因为衰弱而不能再提笔，不能再翻开《牛津词典》，也不能再尖刻地引用《福勒英语用法词典》③来吓唬你那些心中充满感激的受害者，我只愿那时我的作品早已湮没于尘封的书架。

挚爱你的 W.M.
纽约，1941 年 11 月 12 日

---

① K.C.V.O, Knight Commander of Royal Victorian Order.
② Edward Marsh(1872—1953)，英国学者、收藏家和公务员，因其对众多未成名艺术家的赞助而知名。他也是二十世纪早期英国文艺圈内有影响的编辑、翻译家和传记作者。
③ *Fowler's Dictionary of English Usage*，即 Henry Waston Fowler(1858—1933)编纂的《现代英语用法词典》(*A Dictionary of Modern English Usage*)，出版于 1926 年。

一

我一向觉得作者最好在讲述的开头就把自己的目的告知读者。因此我首先要声明：本书所记录的并非大事，而是我在战争开始后的十五个月中经历的一些小事。到现在，欧洲诸强陷入这场骇人的争斗已经超过两年。众多小国遭到入侵；法国也被征服。这些大事已有报纸报道，也将载入史册。生活仍在继续。人们仍旧每日三餐，仍旧相爱，结婚，老死。然而在我看来，这场天降灾难还是以千百种细微的方式影响了每一个人，至少在欧洲是如此。这些小事对剧变的洪流而言无足轻重，对受其影响的人来说却并非不重要，而在我所知的范围内，还没有一个人认为它们值得留意。因此我觉得，若我能在遗忘之前将那些本身甚为琐屑却似乎改变了我的整个生活走向的事情记录下来，或许会是一件有趣的事。本书所讲述的纯属个人私事，若非如此便毫无意义。不过我仍要请求读者相信：在整个世界的未来都悬之一线的此时此刻，没有人比我更清楚我个人是何等的微不足道。

1939年夏天，我在家中避暑。我的住所位于费拉角——尼斯和蒙特卡洛之间一条突兀探入地中海的海岬，是一栋四方形的白房子，建在一片小山坡上，让我在房中就可以坐享面朝蔚蓝大海的广阔视野。十二年前，我厌倦了四处漂泊的生活，买下这处房产。价格相当便宜，因为它造得实在丑陋，让所有见过的人都觉得只能拆掉重建。整个房产包括一座荒废的大花园，此外还有一片地，以地价昂贵的里维埃拉的标准来说算是不小。房子由一名退休的天主教会主教在本世纪初建造。他在阿尔及利亚工作了一辈子,在建房时便采用了他在那里的住所的形制,在中间留出一个中庭。他在屋顶安放了一座摩尔式圆顶,在墙上开出马蹄形窗孔,还造了一道横越客厅的摩尔式拱门。接着他又想出一个糟糕的主意,在房前添了一道文艺复兴式的凉廊。我意识到这些摩尔式的大杂烩和文艺复兴式的铺张其实只不过是板条抹灰,完全可以拆掉,只留一栋平顶的普通房子。于是我买下它,按我的想法改造,从内到外粉刷成白色,再用我的书、画和我在漫游中搜集的各种物件装饰起来。我的计划是在此终老,就在卧室里那张彩漆大床上咽下最后一口气。有时我甚至会双手交叉相握,闭上眼睛想象自己终于变成一具尸体躺在那里的样子。

2 　当时我并没有考虑到一大片废弃花园和一块山坡地会带来什么样的诱惑。此前我从未拥有过花园,并不知道一个人拥有的花园越多,就越想要更多,而在花园里干活越多,就越有更多的活儿需要干。我的花园里有松树、橙树、含羞草、芦荟,还有缠结不清的野百里香和野迷迭香。这个国家的园丁收费低廉,当时一天只要一美元多一点,而且不管种什么,只要浇水就能长得好。我种了夹竹桃、山茶花和各种开花灌木,又从加利福尼亚买来鳄梨树。前七年里这些树一枚果子也没有结,可到了我离开之前,每年已经可以收获三四百枚鳄梨。四处的人们都赶来观看,因为它们是欧洲种植的第一批鳄梨树。然而,里维埃拉最大的宝藏其实是草。此地的草难耐漫长炎热的夏季,因此每年春末都需要挖掉,等到秋季再重新栽种。这项工作既费力又费钱,然而新生的草叶刚冒出来就鲜嫩得夺人眼目,有一种流动的光彩,如同年轻女子初登舞会时的顾盼。我在通往前门的车道两边都铺了草坪,又营造出一条在松阴下蜿蜒、通往花园尽头的绿色小路。在户外凉台上,我整整齐齐地种了橙树。夏天晚上我们通常会在这里用餐。在山坡高处,我修了一个十八世纪风格的游泳池。其入水口是我在佛罗伦萨找到的一件大理石人面雕刻,作者是贝尔尼尼。游泳池后有一个天然的小山洞。如果天气太热,泳者就可以到洞中乘凉。在洞口两边,我各摆了一只很可能曾经属于蓬皮杜夫人的铅瓮。站在这里你可以随意瞭望地中海。尼斯就在你的右方,远处则是宏伟的艾斯特雷山。

我的房子和花园便如上所述。这座山丘的山顶是一处军事设施,最高处有一座信号塔,还有用来保护它的大炮。在《慕尼黑协定》签订之前那段动荡时期,此地发生的一件怪事曾让我不安。有一天,我收到消息说有一队海军军官要从土伦到这里来,希望我能和他们见面以商讨某件事务。我完全不知道他们的目的,但也回复说欢迎他们随时过来。第二天一早便有两辆汽车开到我家门口。于是我的客厅迎来了六位中年男士的拜访。他们身穿军装,纽扣眼上别着荣誉军团勋章的花结。其中三人留着大胡子。因为他们袖口的金色条纹,我能看出他们的军衔都很高,有一位是海军上将。他们郑重其事地坐下来,然后其中一位清了清嗓子,开始说明他们的来意。听起来,他们是希望我能让出山坡高处的一小溜土地,方便他们修建一座炮台。他们显然觉得我会反对,因为另一个人插话解释说炮台完全不会影响我,反而会为我的房产增添便利;此外(此人说话相当随便),万一战争爆发,能坐拥一门可以回击海面上的意大利军舰的新式大炮对我来说也是一件好事——毕竟它就装在我家后院。我猜那位海军上将觉得这个玩笑有失分寸,因为他打断了那个人的话,表示我素有与法国友善的名声,而法国和英国又结成了牢不可破的同盟,让他很难想象我会阻挠一项事关法国安全的紧急而必要的计划。此前我一直不想打断这几位先生的话(面对穿军装的人我总会有些胆怯,因此为了让自己感觉自在些,我只能在想象中剥掉他们的军装,换成连衫裤),现在终于可以表明我的态度。我表示商议其实全无必要,因为不论法国在何种情况下需要多大一块土地,我都很乐意让出来。六位先生低语起来,语气中不无赞许。然后上将和第一个开口的那位火炮专家都对我的爱国精神表示感谢,还对我的英国同胞们一致表现出的公共意识做出了几句恰当评价。之前几位访客的举止一直礼貌而矜持,此时却变得近乎热烈。在一片交谈声中,我无意间听到一位蓄着大胡子的军官对另一位评论说我是如何友好,还说他多么希望法国人在面对这种事情时像我一样好打交道。随后我们重归正题。此前一直没有开口的一位军官向我发表了一篇不短的致辞,用语考究,正是一位有教养的法国人的拿手好戏。他指出:近年来里维埃拉的土地价值已经缩水,再考虑到战争可能爆发,只会继续下跌;他们需要的那块地对我并无用处;他们仅仅需要若干米×若干米的面积,一旦炮台完工,我甚至不会觉得有什么变化。与此同时,六双眼睛一直紧紧盯着我。最后,致辞者终于直接提出问题:让出这一小块全无价值、毫不起眼也完全无用的土地,我需要什么样的报酬。

"什么都不要。"我说。

六位勇敢的先生因为震惊而脸色苍白。这倒是我平生未见的画面。

"可是你说你不会反对我们在你的地产上修建一座炮台。"

"我不反对。我很乐意把这块地免费让给你们。"

"我们不介意支付合理的价钱。"

"我相信你们不会介意,"我回答道,"可是我在这个国家已经生活了许多年,也无数次受惠于法国人民。因此,在你们出于国防需求向我索取一小块土地时,我怎么能要钱呢?"

客人们沉默了。他们的眼睛仍然紧盯着我,可我发现他们在偷偷交换眼色。此前一直友好的气氛明显地冷了下来。随后其中一位开口了:

"当然,我们非常感谢你的慷慨。"

海军上将迟疑了片刻,站起身来。

"我一定会将你富于公心的提议告知部长。我们会在合适的时间将我们的安排告诉你。"

他们彬彬有礼地与我握手,然后鱼贯而出。我不禁觉得,尽管他们的工作就是乘风破浪,此刻他们心中的波澜却胜于往时。两天后,我收到从土伦寄来的一封口吻生硬的公函。他们在信中感谢了我对访客团的款待,然后表示:经过再三考虑,他们决定放弃在我的土地上安放大炮。

二

我在伦敦待了几个星期,直到7月中旬才返回。跟我一起过来的是我的侄子,而我的女儿和女婿将在两周后抵达。我们各自的朋友们都要来住一段时间。我预想直到9月下旬,我家中都会有络绎不绝的访客。之后我打算回伦敦住一个月,然后按计划启程去印度过冬。两年前我也曾在印度过冬,在这个奇妙的国家发现了许多可以激发我的想象力的事物,因此迫不及待想要重游。如果不能拥有充足可靠的信息供我的头脑处理,我从来写不出任何东西。在这次重游中,我希望能将此前收获的纷杂印象大致厘出头绪,补完我想象中那幅已经略显轮廓的图画。我决定在抵达印度之前不再工作,而是放松休憩,任由各种念头在脑海中游荡,让自己和那些将要进入故事的虚构生灵相熟稔。在一个小说作者的种种活动中,再没有比这一部分更令人振奋了:无须辛苦劳作,也没有责任的压力;他的创造官能自由活动,毫不刻意,让他充满欣喜;他创造的世界变得如此真切,让真实世界略显失色,几乎令他无法严肃对待。这个属于他的世界是如此重要,也如此丰富,让他迟迟不愿将之付诸笔墨,因为一旦在纸上呈现,魔法便会被打破,让这个隐秘而又完整的宇宙消融于人人熟知的世界。在我缥缈的幻想中,这些人尚无名姓,却欢声笑语,相亲相爱,既思索永恒,也探讨人生的意义。这个美好的夏天不仅将属于我的访客们,也将属于他们,真是令人期待。

三

每个人给我的感觉都是自得其乐。我们的生活很简单,每天做的事几乎都一样。我本人起得早,八点钟吃早饭,可是不论几点钟,你都有可能看到其他人穿着睡衣裤或是便袍慢悠悠从楼上下来。当人员终于集齐,我们便开车前往停泊游艇的滨海自由市[①],接着坐船绕过费拉角,进入它另一侧的小海湾。我们在这里游泳和日光浴,直到肚子饿得咕咕叫。我们带了些食物过来,可意大利水手皮诺还是给我们做了一份美味的通心粉,让我们饥肠稍缓。我们喝的是一种名叫"桃红葡萄酒"的淡红色酒,是我从一个远在山里的地方整桶买来的。接下来,我们或是闲玩,或是小睡,直到再次下水。喝过下午茶之后,我们便返回住处,开始打网球。晚饭在橙树成行的凉台上吃。等到圆月高悬海上,用它的光辉在平静的水面上铺出一条白光灿然的大道,那景色美得足以让人忘记呼吸。当人群中的闲谈声和笑声稍息,你就能听见千百只绿色小青蛙的喧嚣,来自花园中的莲池。晚餐后,丽莎、文森特[②]和他们的朋友们便开车去蒙特卡洛跳舞。

自然,关于战争的可能性我们也聊得很多。当时战争看起来还很遥远。我的一个法国朋友从巴黎到这里来住过几天。他是一位银行家,和德国人有生意来往,也和法国外交部联系紧密。据他说,德国企业界强烈希望和平,而战争对他们将是毁灭性的。毕竟早在1938年9月人们就虚惊了一场。当时法国已经全国动员起来,战争却没有爆发。1939年3月又是另一次。法国再次全国动员，然而战争再次得以避免。他向我们保证这一次还是一样的结果，我们也都毫不怀疑。不过他又说这一次有一点不同：希特勒本人并不想要战争；如果我们在慕尼黑更强硬一些，或许他就让步了；如果英法两国政府能在德军进入布拉格时强烈反对，本可以逼他退兵；他诈唬了我们两次，这一次轮到我们跟注了。只要让他知道我们的态度坚决，他就会像从前一样退让。为了证明他的信心，我这位朋友还告诉我们：他刚刚买下了波兰一家石油公司的大量股份。

这位朋友离开了。另一位客人来到这里，占据了他的房间。我们继续游泳，继续打网球。天气仍然怡人。一天傍晚，天还没全黑，一弯灰白色的新月升起在灰色的天空中。我们对着它鞠躬三次，又将我们衣袋里的钱币翻转了三次。③平静的日子就这样一天接着一天，直到戛然而止。我看到过端着一大摞盘子的侍者跌倒时的情景——所有盘子都会轰然摔落在地面。局势恶化带来的惊骇正与此仿佛。看上去，希特勒似乎打算把他的诈唬坚持下去，而我们别无选择，只能跟注。广播里传来令人不安的消息。一天前的巴黎版《每日邮报》将局势描述得危如累卵。本地报纸是亲意大利的，更是显得躁动不安。接着，我所在的圣让村村长也打来电话，说动员令可能第二天就会发布。第二天早上我正在用餐时，厨娘走进餐厅告诉我：那个在厨房里帮工的意大利女孩趁着夜晚跑掉了，还带走了自己的东西。当时我的女婿文森特正在蒙特卡洛的网球巡回赛中打球。离比赛开始还有几天，而他去是为了和职业球员练习一个小

---

① 滨海自由市，Villefranche。
② 毛姆的独女玛丽·伊丽莎白（Mary Elizabeth，1915—1998）和她当时的丈夫文森特·帕拉维奇尼（Vincent Paravicini，1914—1989）。
③ 一种祈求好运的仪式。

时。过了一会儿,我正在抽烟斗时,男仆弗朗切斯科面色苍白地走了进来,说他想当天下午就回意大利。他的妻子守在门口确保他能保持坚定,不会被我说服留下。

这个女人不招人喜欢,又黄又瘦,脾气也坏。两周前,她因为怀疑女佣和她丈夫有染而在我面前大闹一场。我说女佣已经五十岁了,比她丈夫大二十多岁,可她告诉我年龄差距不是问题,只会让女佣尼娜的恶毒和她丈夫的背叛显得更加可耻(她丈夫就站在那里,脸色煞白,浑身颤抖,而尼娜则夺门而出),因此他不能在这个罪恶巢穴(也就是我家)多待一天,甚至一小时。她在我家负责洗衣,也帮忙收拾房间,能帮上不少忙。弗朗切斯科则是一名优秀的男仆,已经跟了我不少年头。眼下我家里满是客人,缺了他俩任何一个都不行。为了让她冷静下来,我什么话都说了,却毫无作用,因此不得不祭出我一直留着没用的情分来恳求她。几年前,她在村里待产。有一天弗朗切斯科走进我读书的房间,说他的妻子过来看他,却赶上阵痛,问我能不能让他开车载她回她的住处。这在我看来相当冒险,于是我让她马上卧床休息,又让人去叫医生。只过了一个小时,孩子就出生了。此后她一直留在我家中休养,直到能起来活动。我经常去探望她。那时她就躺在床上,那张丑脸出现了神奇的变化,让她看起来像是一位抱病的圣母。那个可怜的孩子被紧紧裹在褟褓里放在她身边,一动也不能动,活像老派意大利绘画中那些小婴儿。我向她提起这件事,表示当时我没有不帮她,因此她现在也不能不帮我。她放声大哭,然后转向她的丈夫。

"你这混账,会老实吗?"她哭喊道。

他吓坏了,几乎说不出话。

"有上帝见证。"他回答道,同时在胸前画了个十字。

"行吧,那你就留下。"

她做了个不容置疑的手势让他跟上,然后离开了房间。可是他刚走到门口就转过身来,向我轻轻眨了眨眼。那一刻我不禁有些怀疑自己对他的人品的好意辩护说不定全然错付了,并且开始设想我是不是应该告诫女佣,让她务必拒绝那些比她小二十岁的男子的追求。

然而到了眼下这一刻,我们别无选择,于是我同意他们离开。这时文森特正好从蒙特卡洛返回。他告诉我所有人都在想办法尽早离开。蓝色列车①的席位一票难求。公路上已经排满了被行李塞得鼓鼓囊囊的汽车。我告诉过我的客人们:在塞内加尔人组成的黑人军团出现在公路上之前,此地不会有任何危险。此时文森特却说塞内加尔人已经在费拉角入口处的铁路桥头警戒。显然他们是连夜乘坐卡车来到这里的。经过商议,我们认为他和丽莎最好离开。他上楼去收拾行李。我则走进车库,给他的汽车加满汽油。我的司机也告诉我他在应召之列,必须离开这里,在第二天重返他的部队。此时已是中午,园丁们正结伴赶来用午餐。园丁队长弗朗索瓦已届中年,曾经参加上一次战争,这一次不受动员令影响,但他手下的一名园丁(另外三个是意大利人)必须去报到。这人有些焦虑,因为他才结婚不久(从婚礼到孩子出生的时间短得有些尴尬),不知道之后他妻子要怎样过活——政府发给士兵妻子的津贴只有每天八个法郎。我告诉他我会给他妻子足够的钱维持生活,让他高高兴兴地离开去吃他的面包和香肠。

---

① The Blue Train(法语:Le Train Bleu),即加来—地中海快车(The Calais-Mediterranée Express)。它是连接法国加来地区与里维埃拉地区的一趟豪华夜间列车,运营于1886—2003年间,因其深蓝色卧车车厢而得名。

回到房子里，我才看见我的朋友兼秘书杰拉德刚从滨海自由市返回。他说港口那边有大事情发生："阿尔卑斯猎手"①部队天一亮就开拔去前线了——那些粗壮而勇猛的小个子每天能乱哄哄地快速行军四十英里；另有一支塞内加尔人部队接手了他们的驻防地。港务主管告诉他土伦那边有命令传来——所有私人游艇必须在二十四小时内离港。于是我们决定把"莎拉"号开到卡西斯去。那边有不少溪流，我们可以把船开进其中一条停泊，以保它的安全。

这个上午扰攘不断，让我忘了自己还约了人过来共进午餐。那是一位年轻的英国作家和他的妻子，就住在圣让村的一家旅馆。他们就在这时突然登门，仪态悠然，兴致高昂。他们来这里是为了度假，已经有好些天没看报纸。在来的路上他们看到了那些塞内加尔人，只觉得是一幅美妙的画面。当我说战争随时可能爆发时，他们拒绝相信。跟前两次一样，这只会是虚惊一场；要是他们就这样放弃美好的阳光和沙滩赶回伦敦，最后却什么事都没有发生，那该多傻呀？对此我的回应不太委婉：要是他们的汽车被征用，而火车也成为部队专用，他们就得在这里滞留好几个星期。他们听到后有些害怕，终于被我说服，认为最好当天下午就出发去巴黎。

---

① Chasseurs Alpins，法国陆军中的一支精锐山地步兵部队，创立于1888年。

四

一个小时之后，我这座原本欢声笑语的房子就变得空空荡荡了。杰拉德和我前往尼斯采购储备食品。商店里已经出现了抢购，剩下的东西不多，但我们还是设法弄到一打沙丁鱼罐头和足够多的汤罐头、腌牛肉、牛舌和切片火腿，足够我们吃几个星期。我们还买了几箱通心粉和大米，还有一袋土豆。所有这些东西都被我们存放在船上。回到家，我们发现我的瑞士管家欧内斯特先前已经骑摩托去了一趟尼斯，见了他的领事。领事告诉他瑞士已经全国动员，他很快就会收到回国的指示。司机第二天早上送我们去滨海自由市上船，然后也会离开。厨娘和最后一名女佣（也就是"狐狸精尼娜"）都在哭。她俩都是意大利人。我问她们愿不愿意回家。她们已经为我工作了许多年，又无处可去，因此选择留下。然而她们心里还是害怕，因为园丁队长已经发话：只要我一离开，他就要把这里的每个意大利人的喉咙都割开。我叹了口气，找到这名园丁，告诉他：如果留下的意大利人受到的对待与我在家时有任何不同，我就立刻辞退他。他大光其火。直到我们离开时，他和我的关系仍然很僵。

我提到的用人数量似乎有些太多了。不过这所房子确实很大，而法国的用人不像美国的用人那样勤劳，却又要做英国同行们绝不可能同意的事。拥有一名男仆听起来很奢侈，但事实并非如此，因为这里的男仆不仅要做本职工作，还要做女佣的工作。法国管家和英国管家也不一样：后者只负责应门、餐桌服务和监督其他用人完成每一件你能驱使他们完成的工作；而在法国，管家不仅要包揽英国管家的职责，还要负责底楼的打扫，例如扫地抹灰，给拼花地板打蜡。他们的薪水也不丰厚。我认为我开的价钱比我的邻居们开的都要高：管家月薪五英镑，男仆月薪四英镑，均以正常汇率计算。我早就发现，要在另一个国家生活得舒适，就得能接受买什么都比本地人贵一点，还得在面对不太过分的明抢时一笑置之。在法国，你的厨娘拥有一种默认的权利，在报销她的市场采购费用时可以加价百分之五。如果她的加价没有超过这个数额的两倍，你完全可以庆幸自己雇到了一个诚实的女人。

当时我有不少用人。有时候，一想到至少十三个人的生命就消耗在照顾一个老人的起居上，我就有些不安。的确，我用自己挣的钱给他们开工资，也让他们得到了在其他情况下未必能轻松得到的生计，可我的良心仍然时有过意不去。我知道就算住在一所小房子里，用两三个用人照顾，我同样可以过得好。现在，尽管已经有七个用人因为战争的迫近而流散了，我还是有两名女佣和四名园丁。为了不让他们饿死，我不能遣走他们。

此前我对那艘游艇的描述有些张扬，其实它一点也不张扬。"莎拉"号只是一条老旧的双桅渔船，排水量四十五吨。此前不久我们才给它加上了一台辅助柴油机。我们尽力把它改造得舒适。现在船上有一间吧室，可以睡两个人，有一间配有卧铺的舱室。二者之间以通道连接，通道里也有一张单人床。有一个厕所和一个浴缸——如果你身高不超过四英尺，也可以躺进去。厨房里能容两个人站立，还有一台冰箱和一台收音机。此外还有船员宿舍。船员包括来自卡普里的水手皮诺、同样来自该岛的他的朋友朱塞佩，还有一个充任服务员的法国小伙子。这个小伙子原本是园丁之一，可是什么活都不干，因此被遣散了。到了"莎拉"号上他还是什么都不干，可他又温文又热情，模样就像从画里走出来的一样。或许你已经注意到了，我提到的大多数都是意大利人。据说有二十五万意大利人生活在意大利边境的文蒂米利亚和马赛之间的地区。法国人不喜欢他们，厌恶他们的存在，可他们的活儿干得比法国人漂亮。雇佣他们的人都知道，这些意大利人既忠实勤劳，也容易打交道。他们拥入法国是因为在意大利工作不好找，报酬也低。那些独裁国家说尽了空话，却从来不会提高劳工的福利。

五

我们出发这一天天气很好,阳光灿烂,几乎没有风。因此,刚一离开港口,我就换上了泳裤,晒起日光浴。经过这些天的扰攘,我终于可以享受片刻安静。我并不知道我的房子会发生什么。我不担心意大利人能打破法国人的防线,因为他们构筑得十分牢固。就在这个上午,在前往滨海自由市途中,我们看到一辆又一辆满载士兵的军车开往前线,充实那里的驻防。人人都相信法军不可战胜。我的司机让还评论说:法国人只用六个星期就能打到罗马。据我估计,随着动员的开展,法国会召集起一支大军,因此我的房子很有可能会被征用。这样的前景让我有些恐惧,因为经历过上一次战争,我知道一栋房子落到军人手里——不管是军官还是士兵——会被毁成什么样。他们不光是看上什么就拿走什么,还会放肆破坏。他们最喜欢的娱乐之一,就是用左轮手枪对着墙上的画射击。我有一个熟人在距离巴黎六十英里远的地方拥有一座城堡。城堡在上一次战争中遭到破坏。重建后,他在入口处立了一块牌子,上面写着:"德国人轰炸了这座城堡;法国人洗劫了它;英国人放了一把火。"还好,我这人并不喜欢阴郁的念头。船刚开进尼斯正面的外海,我就跳进深水里游起泳来。我们并不需要赶时间,因为我们当天只打算赶到圣马克西姆。在那里我有些朋友。如果他们还没离开,我希望能和他们共进晚餐。

风逐渐变大,让我们可以升起船帆航行。我时而读书,时而小睡，时而吸烟。一想到自己可以离开危险区，还能把船开到一条远离风波的溪流中停泊，我心中竟有一点小小的兴奋。船尾飘扬的星条旗确保着它的安全。向晚时分，我们抵达圣马克西姆，在友人住所对面停了船。换乘小艇之后，我们划桨而行，前往登岸处。我们的船之所以挂美国旗，是因为它属于美国公民杰拉德。我们打算拜访的这位朋友是一份发行量巨大的周报的拥有者兼编辑，因此我们希望能从他这里得到关于危机的可靠最新消息。我们来得正好，因为他和他的妻子正要开车去巴黎。要是再晚十分钟，我们就见不着他们。既然我们来了，他们决定留下来招待我们吃晚饭，第二天一早再走。

我这位朋友名叫布希，是个科西嘉人。他秃顶，有一张剃得干干净净的浑圆胖脸和一双闪烁着智慧的漂亮黑眼睛。他的笑声欢快洪亮，却总有几分讥刺意味。此人从不锻炼（用左轮手枪射击水面上的瓶子除外），身躯也是松弛肥胖。他当过议员，但是为了当选花了太多钱——三百万法郎——相当于两万多英镑。因此到了下一次选举他就放弃了竞选连任。有人试图以贿赂和腐败为由取消他的议员资格，但他用他的机智和幽默应对指控，成功地操纵立法团确认了他的当选。他娶了个富有身家的老婆，靠她的财富创办了一份报纸，短短时间就取得巨大成功。作为编辑他不算一丝不苟，却说得上才华横溢。这份报纸的文艺版面做得相当漂亮，刊登其上的我的小说也都是优秀的译本。然而他的成功并不缘于这些，而是来自他对共济会、犹太人、共产党、社会党人和激进派毫不留情的、凶狠的、充满个人色彩的攻击。他身上有一种属于真正科西嘉人的暴力色彩。他从不原谅敌人，却又全心全意地对待朋友。我与他相熟已经有二十年了。每一次我因为自己或是别人的缘故需要他的帮助时,他从不犹豫,总是全力以赴。这是一个慷慨的人。假如我需要借钱,我相信他会任由我支取,几乎不用考虑数额。他的待客方式也堪称铺张。他还有一副对一切都无所谓的厚脸皮,让我觉得很有意思。在禁运时期,他持的是激烈的亲意大利立场。他的敌人们指控他从意大利政府那里拿了不少钱。对这项指控,我现在也觉得大概是真实的,但在当时我有些不敢相信,因为他的报纸日进斗金,让我觉得他不需要从别处拿钱。尽管现在我觉得自己当时判断错误,我还是倾向于认为他接受意大利人的补贴(很可能还坚持索要了巨大的数额)是为了支持一项他真诚信奉的政策。做一件不要钱都愿意做的事,同时又能收获丰厚的报酬,应该很符合他的幽默感。在竞选过程中他猛烈抨击英国,到了让我国政府觉得有必要向法国政府提出抗议的地步。在他看来(他也确有理由如此认为),那些文章可能会伤害我的感情,因此他向我传达了信息,让我不必为此不满,还说这都是政治需要,一旦事情过去,他就会写另一篇文章来赞扬大不列颠的伟大和英国人独一无二的优秀。有一次,一位政府部长甚至因为他的辛辣攻击而自杀。此事在公众中激起了风波,引发了对我这位朋友的做法的普遍愤怒,然而面对此事及其对他个人造成的影响,他仍以惯有的淡定泰然处之。

"自杀违反了游戏规则,"在对我说起此事时,他的笑声依然洪亮而富有感染力,"相当于在政治斗争中以不公平的手段取得优势。"

"你的发行量受影响了吗?"我问道。

"也就一两个星期。"他耸了耸肩,回答我。接着,他那双漂亮的眼睛里有光芒闪过:"我下周就开始连载一部一流的小说,足够让我们恢复势头。"

他可以说是个匪徒,有匪徒的勇气,也讲匪徒那一套行为准则。在上次战争里,他是个飞行员。在立法团里,他参加过一次决斗,并且用一流的枪法射伤了对手的胳膊,一如他在决斗开始前所言。他喜欢拿他的议员同事们开玩笑,却让他们怯懦地纷纷对他献上敬意。在1934年2月6日那次危机①中,内政部长下令逮捕他。他却给部长打了个电话,告诉对方可以在哪里找到他,又说他将会拒捕,而他身边有十二个科西嘉朋友,每一个都带着枪。最后没有人来找他的麻烦。为了让我对这位奇人的描述更完整,我还需要补充以下事实:他是虔诚的天主教徒,是慈祥而智慧的父亲,也是温柔的丈夫和忠诚的儿子。他太过投入,将那份招人憎恨的报纸和自己视为一体,以至于报纸的成功就是他个人的成功。他的唯一目标就是成功,为此他不打算把自己与任何其他东西捆绑。他喜爱报纸赋予他的权力。他明知人们在背后对他没有一句好话,却不妨碍他不怀好意地受用这些人的当面奉承。他喜欢上门拜访那些出于畏惧而不得不接待他的人,也从不掩饰对那些吹捧自己的跟屁虫的鄙视。他的头脑灵活而促狭,最善于讲些怪诞辛辣的故事。在未来某个冷冽的清晨,他或许会被带到监狱的一堵墙边,接受行刑队的枪决。如果是那样,我还挺期待自己能活到那一天以见证它。如果他求我救他一命,我好奇自己是否会出手帮忙。但我敢肯定,如果换了我落到同样境地,他会不惜动用一切资源来营救。

回想此事,再想想弗洛伊德的理论,我觉得布希之所以在见到我时那么高兴,那么急迫地取消了他已经准备就绪的行程,是因为

---

① 1934年2月6日,多个极右翼联盟在巴黎街头举行反议会示威,引发骚乱,导致十五名示威者被警察打死,造成法兰西第三共和国的一次政治危机。达拉第(Édouard Daladier)政府因此辞职。

他在潜意识里不愿意回到巴黎面对糟糕的局面。就在我们喝着鸡尾酒（他对美国人的这种创新表现出了相当的热情），等待晚餐上桌的时候，他告诉我他认为战争已不可避免，为此他已经在某个外地城镇租好了地方，准备在那里运行和印刷他的报纸，以远离巴黎将会遭到的轰炸——他相信一旦冲突爆发，轰炸就会立刻到来。一想到战争他就恼火。在他看来，英国和法国居然会因为波兰的缘故而选择战争，简直难以想象。

"波兰关我们什么事？"他这样问道，"自古以来波兰人就不值得帮助。当初要不是法国人白痴到派魏刚①去帮忙解决他们自找的麻烦，这些波兰人早就被俄国人揍趴下了。"

我提醒他说条约规定了我们有帮助波兰人的义务。

"条约算什么？"他又问，"条约不过是一份双方签字的协议，确认的是在签字当时遵守条款符合双方利益，前提是各种条件不变。一旦条件发生变化，使得遵守条款不再符合某方利益，条约就失去了有效性。人与人之间就是这样做生意的，国与国之间打交道的方式也没有理由不同。"

晚餐开始。我们喝上了桃红香槟。这种酒和普通香槟的区别，就好比桃和杏的区别。随后我们早早离开了，因为风越来越大，而我们的船还停泊在开敞的锚地，需要去更安全的地方下锚。当晚我们在圣马克西姆的小小海港中过夜。第二天天刚亮，我们再次启航，继续我们的旅程。

---

① Maxime Weygand(1867—1965)，法国一级上将，曾在1920—1922年间担任法国驻波兰军事使团团长，在苏波战争中帮助约瑟夫·毕苏斯基(1867—1935)打败苏联红军。他在二战之初接替甘莫林担任国防部参谋总长和法军总司令。

六

天空晴朗无云,风却不小,让我们的小船左窜右跳,像一匹初次被勒上马嚼子的小马。我们没法靠近海岸航行,因为耶尔对面诸岛与大陆之间的航道已经被布设了水雷并禁止通行。我们只能顶着风走外海。随着时间过去,风越来越大,海面也不平静起来。一般来说,密斯脱拉风①会随着太阳西沉而逐渐平歇,可今天它不仅没有停,还越来越大。夜幕降临。岛上的灯光熄灭不见。我们只能靠罗盘导航。我时不时走上甲板抽几口烟,和掌舵的皮诺聊天。

皮诺大概三十五岁到四十岁之间,个子不高,却有一身结实的筋肉。他面部扁平,皱纹深如刀刻,有一张大嘴和一双狡黠闪烁的眼睛。他是个相当不错的水手,一辈子都在地中海上航行,对它善变的情绪和各种伪装一清二楚。他沉默寡言,却善于用肢体表达意思。靠着歪头、耸肩、转肘和挥手,他就能进行交谈,而且能把意思表达得清晰、有条理,又不乏幽默感,而大多数人靠语言才能做到的同样清楚明白。我问他,如果意大利参战,他有什么打算。

"没打算。"这是他无声的回答。

"可万一意大利真的加入,你就得被扣押起来。"

"那又怎样?"他用动作表示。接着他开了口:"我宁愿被扣押在法国,也不愿回意大利去打仗。"

"你不想战斗吗?"

"谁会想要战斗?反正意大利人不想。"

"看来你不怎么喜欢德国人?"我问道。

"他们是猪。"他回答道。

黎明的到来也没让风稍稍减弱。一艘跨大西洋邮轮的船长或许会在他的大船跳得像个瓶塞一样时拒绝承认自己正面对强风,可就算是这样一位船长也无法否认今天的天气糟糕。绿色的海水时时涌上甲板。船舱里各种未固定的物件被抛撒得到处都是。哪怕你一只手要往面包上抹黄油,另一只手也不能松开咖啡杯。"莎拉"号是条响当当的海船,乘风破浪毫无畏惧,我们的安全没有问题,但是远谈不上舒适,于是我们决定先找个地方避避。我们查了海图,找到了一处看似可以避开这场风的小海湾,觉得最好往那边去。接着我们改变了航向,风也成了横风,不那么让人难受了。我们在一片怒涛中又艰难航行了三四个小时,转过一处怪石嶙峋的海角,突然进入了一片平静如池的水面。这个海湾周围青山环绕,其中一座山顶上有一处小小的要塞。一片片意大利伞松连绵直到海边,与海滩边缘的水草相连。林中有些破败的小房子若隐若现。我们刮了脸,洗了澡,这才登岸,找了家杂货店买了面包和报纸,又遇到一个刚捕了一些好鱼的渔夫,从他那里买了些鱼。如此美丽而又远离尘嚣的地方实属难得,让我们忍不住想要在这里消磨一天,好好睡一觉(前一天晚上我们都没怎么睡着),洗洗澡,玩玩接龙②,再读点东西。在和风浪搏斗时我们吃得实在寒酸,此时却能午餐享用意大利面,晚餐吃鲜鱼,真是美好。

我们停留了两天。此地让人觉得远在天涯。如果一对恋人想

---

① The mistral,指法国南部沿罗讷(Rhône)河谷和迪朗斯(Durance)河谷向南吹向地中海的干冷强风,冬春两季最常出现。
② Patience,一种单人纸牌游戏。

要逃离世人，隐藏他们的爱情，你会觉得这里再适合他们不过。谁会想得到他们会藏在这里呢？一片安宁。我从未见过另一个地方像这里一样，每一次呼吸似乎都能让人闻到安宁的气息。这里的空气清新而温暖，海面驯顺无波，夜色宁谧，夜空更有星光点缀。在这里你永远听不到嘈杂的噪音。我们见到的，除了两三个渔夫，就只有几个住在一处渔夫小屋中的俄国人。到了晚上，宁静愈发深浓。要不是要塞上永不熄灭的探照灯光，你会觉得自己身处一片仅由抽象思维构成的空灵世界。

然而我们并不能停留太久，至少得把船开过土伦。要是战争在我们越过土伦之前就爆发，很可能我们就会被劝返。于是我们在第三天一早就离开。海浪仍然很大。为了通过一处以水流混乱而著称的海角，我们顶风搏斗了好几个小时。最后我们终于望见了土伦，并与它保持距离，免得撞上水雷。一条船急忙驶出查看我们的动向。显然，我们那面在风中招摇的星条旗消除了他们的疑惑，因为对方没有靠近打招呼，而是突突响着离开了。在这种连续好几个小时的颠簸中，不知道性情需要多么特别才会感到享受，反正我不是那样的人。此时我们甚至不清楚自己到底要往哪儿走。我们知道我们要找的那些隐蔽溪流位于卡西斯以西，但这就是我们知道的全部信息了。根据海图显示，途中沿岸有好几处地方看起来可以安全下锚。我们甚至能通过望远镜看见它们，都是些海滨度假小镇，从海面上望过去似乎都热情友好。每个在陆地上待不住的人手里都少不了一本英国海军部出版的《地中海导航》。按这本书的说法，邦多那里就有一处不错的港湾。我想不出为什么我们不能往那里去，于是便在经过邦多时发出了提议。我的同伴和皮诺让我觉得，他们这样在海上讨生活的人就喜欢在大风大浪里被颠来颠去，而他们还一再说这条船靠得住，还能经得起比这糟糕得多的考验（不是说它曾经往返横渡大西洋吗？要是真的，那一趟航程可真了不起。不过，尽管我也经常把这个故事讲给客人们听，我自己却不大相信）。不过他们还是接受了我的建议，而且比我预期的还要积极。两个小时过后，我们驶入港湾。这处海港的一侧是一带山丘，另一侧则是一道岬角，岬角上又延伸出一道结实的防波堤，正对码头。这里已经停泊了许多游艇、帆船和摩托艇。我们好容易才找到一处空泊位系缆。

七

这是我第一次来邦多。它是一处海滨度假区,却不像戛纳和昂蒂布那样时髦,也不够热闹欢腾,不像圣特罗佩——英国和美国的年轻(以及不那么年轻的)文艺爱好者都喜欢在那里度夏,穿得鲜艳明亮,头戴硕大的帽子,在挤满人的夜总会里一坐就没日没夜,假装自己是波希米亚人(倒是没什么坏处)。邦多既不时髦,也不文艺。此外,就我所知,在这里居住过的唯一名人就是密斯当盖特[1]。给我刮脸的理发师骄傲地宣称密斯当盖特为她那双腿投保了一百万法郎。然而邦多仍然只是个小地方。那些大大小小挤在一起的游艇让这里多了一分欢快热闹的气息。海滨大道上绿树成行。到了傍晚,居民们就会来这条路上漫步。正对港湾的位置有一排商店,也有咖啡馆,可以让人们坐在露天地里喝上一杯。

我们在这里安顿下来,坐待事态发展。离开英国之前我曾同一两位有影响力的人士谈话,讨论如果战争爆发的话我是否能帮上忙。上一次战争中我曾在情报部门服务,然而我在瑞士因接触病菌而感染了肺结核,其后又因在俄国缺少营养而病情恶化,再也派不上用场,只能到苏格兰北部的一所疗养院中去养病。我有丰富的经验,也希望这些经验还能有点用。作为备用方案,我也和信息部[2]搭上了线。此时普通客运已暂时停止,所有火车都被用来运输部队。我决定好了,一有机会就赶回英国。

日子一天天过去。我每天早早起床登岸,穿过海滨大道去买刚从马赛送来的报纸。那个船舱服务员(他的名字叫约)会从面包房买来新鲜的面包,我就坐下来喝牛奶咖啡。接下来,我会抽一会儿烟斗,然后刮脸洗脸,准备去逛市场。我们已经决定留着那些罐头食品以备食物短缺,因此眼下看到什么新鲜食品就买什么。这里的市场位于一处被悬铃木树荫笼罩的广场,熙熙攘攘,气氛热烈。从树叶缝隙间落下的阳光洒在地面,组成令人愉悦的夏日光影图案。农妇们守着她们的柜台,上面堆满她们一早从山里农场运来的水果、蔬菜、鲜花和奶酪。各种水果——葡萄、桃子、甜瓜、无花果、李子、杏子、梨——琳琅满目,让人光是看着就心情愉快。度夏的游客已经风流云散,造成物价大跌。可如果想买到好东西,你还是得赶早去市场。此外,你还得保持警惕,否则那些一脸忠厚、笑容满面的善良农妇就会欺生,占你的便宜。我就是个典型。有一次,一个农妇声称英国人是法国人的盟友,理应得到最好的东西,所以她对天保证决不会卖给我一块不够完美的奶酪。然而事后我发现那块奶酪已经发了霉。另一个女人则卖给我一只比石头还硬的甜瓜,还赌咒发誓,说我第二天就会回来告诉她我这辈子从来没吃过那么好的瓜。这让我对人性的信心发生了动摇。不过我也会吃一堑长一智。我最大的跟头栽在了菠菜上。因为我们一共有五个人要吃饭,我买了好多,几乎塞满我带来的网兜。然而下锅一煮,这些菠菜就大大缩水,连两个人吃都不够。这里的鲜蛋不好买,你只能在一处买两三个,再去另一处买两三个。此外我们还需要买肉。市场上只有一名屠夫。他的肉店总是挤满了人,必须排队。牛肉几乎见不到,似

---

① Mistinguett,法国女演员及歌手 Jeanne Florentine Bourgeois(1873—1956)的艺名。她曾在红磨坊等著名歌舞厅长期驻场演出,也曾是全球收入最高的女明星。
② Ministry of Information,英国在一战末期和二战期间成立的临时政府部门,负责信息搜集和公共宣传等工作。

乎都被部队截留了,因为那些当兵的不吃别的肉。羊肉和猪肉倒是不缺。皮诺不吃羊肉。按他的说法,那都是下脚料。所以,当我别无选择,只能买到羊肉时,他就会露出一副视死如归的表情,表示他这样的人只需要吃面包和奶酪就好。每次买鸡肉我都不太放心,因为我不知道这些面目不清的动物尸首是又鲜又嫩还是又老又费牙。我也试过假装行家,犹犹豫豫地伸出手指戳戳鸡胸,可鸡皮的冰冷潮湿总是会让我浑身不自在。

采购完毕时,每天送来英国报纸的火车也到了。这些报纸都是四五天前的,但我还是读得如饥似渴。大不列颠正在备战。到了中午,马赛电台会播送最新消息。局势似乎很严峻,但德国人还没有进军,仍有一丝希望。接下来就是鸡尾酒时间。"莎拉"号的冰箱一直不太好用。要不是有个卖冰人每天早上过来给我们提供一大块冰,我们就无计可施了。喝完酒,我们会在甲板上的凉棚下用午餐,然后小睡一觉。午睡醒来,我会跳上小艇,划船到港湾出口去,在那边的清水中游泳。游完回来我正好能赶上喝茶,之后便会散散步,看别人打地掷球。这是一种滚球运动,和贝洛特牌同为法国人最喜欢的消遣。海滨大道上同时能有十来局比赛。有名的选手周围总会有一群人围观。比赛的彩头是请大家喝一轮酒。他们打球时严肃专注,又热心于彼此建议。这样的场景让你想不到这个国家正面临一场可怕的灾难。不一会儿,就会有拿着报纸的人出现,然后人们便会拥向商店,只为在晚报售罄之前买到一份。电台在傍晚七点播报新闻。接下来又是鸡尾酒时间和晚餐时间。温柔的夜色笼罩中,甲板上的晚餐格外美味。在"莎拉"号两旁停泊的其他船上,人们同样在用晚餐。从帆桁上洒下的灯光在一片黑暗中隔出一个亲切怡人的小世界,我们旁边的那艘游艇比"莎拉"号略小。船主在巴黎,此时在船上的是水手和他的妻儿。这一家人亲亲热热地坐在甲板上,享用他们简朴的晚餐,让人心生愉悦。晚餐后,我会玩会儿接龙,然后上床打开一篇侦探小说,在入睡前读完。

到上岸办事的杰拉德回到船上时,我感觉我们在邦多已经待了快一个星期。他告诉我德国人已经进入波兰。当时我正在甲板上,一边晒太阳一边读《每日电讯》。

"好消息。"我说。

"不,这是坏消息,"他回答道,"这意味着战争。"

"我知道。"

提心吊胆多日之后,事情终于有了结果,这让人松了一口气。当然,我很清楚战争的可怕。我知道城市会遭到轰炸,无数人会被杀死,参战各国将遭到毁灭性的打击,但我也相信法国的陆军和英国的战舰。我认为盟军的赢面极大,至少不会输。我前往邮局,打算给我之前联络过的人去一封电报,表示我可以接受任何适合我的任务,不论多么琐碎。邮局的人告诉我所有电报都要经过市长审查,而不论何种情况,私人信息都可能遇到期限不确定的延迟。

八

宣战的消息给我们的船上生活带来了各种细微的改变。先是熄灯令,然后我们还得用蓝色油漆降低舷窗的亮度。哪怕有一丝光线漏出来,码头上的看守就会严肃呵斥,让我们把光遮住。我们不能在甲板上用晚餐了,只能在舱房里吃,还得小心地关上舷窗和舱门。副水手朱塞佩变得焦虑不安,坚持要回意大利。几天之后,船舱服务员也拿出一封信,说他母亲让他马上回家。这样一来,船员只剩下坚定的皮诺,许多活儿我们都得自己动手。杰拉德厨艺不错,负责我们的餐食。我负责整理床铺,打扫卫生。皮诺负责甲板、发动机和洗碗。英国报纸的供应中断了。因此在采购完毕之后我不再读报,而是剥豌豆或者削土豆皮。官僚机构变得忙碌起来,发布了规定外国人动向的命令。我们都必须拍照并填写由市长签字的表格,并被禁止离开瓦尔省。如果要去马赛或土伦,我们需要提前至少三天申请安全通行令。赌场变成了医院。人们每天都在离开。隔壁船上的水手送走了妻子和孩子,自己则前往土伦的一艘驱逐舰报到。理发店里只剩下一个高瘦而笨拙的小伙子。酒吧和咖啡馆的员工都跑掉了。没过多久,整个邦多就只剩下女人、男孩和老人了。地掷球比赛还有,只是参加者变成了男孩和老人们。旺季不再的海滨度假区最是凄凉。邦多这个原本生机勃勃的小地方此时也露出它阴郁的一面。这不仅仅是平时冬季的那种阴郁,而是显得不同寻常,格外令人沮丧。仿佛有一股死神的气息拂过了这座小镇。侥幸活下来的人满心恐惧地游荡,似乎惊讶于自己仍然活着,不太敢相信。法国南方的人们总喜欢吹嘘。你遇见的每个人都会大谈轴心国即将面临的惨败。然而男孩们却庆幸于自己年纪太小,不用上战场,老人们则会说他们已经参加过上一次战争,尽了自己的义务。人们接受了现实,却鲜有洋溢的热情。他们因为波兰人的表现而愤怒,因为后者没能更努力地抵抗。

九

有一天,一个英国小伙子从萨纳里①过来找我。萨纳里距离邦多不远,住着不少画家和作家。利昂·福伊希特万格②就是其中之一,而奥尔德斯·赫胥黎③也曾在那里生活。这个年轻人自我介绍了一番,然后表示希望我能给他一些行动建议。他在萨纳里已经住了有些年头了。

"现在回英国太难了,"他说,"火车上根本没有位置。"

去巴黎的列车每天只有一班。沿途每个车站都是人山人海。列车一到,人们便蜂拥而上。每节车厢都挤满了人,挤得没有人能挪动。人们或坐或站,不论是地板还是走廊。我还听到传言说有的旅客在一个车站等了三天才挤上一班车。这趟旅程平时只有十四个小时,现在却要花将近三十个小时。许多乘客只能全程站立。餐车早就被卸下了。如果你不想饿肚子,就得自己带干粮。人人都像疯了一样想要逃离,却没有特别的理由,因为意大利人不可能突破防线——他们甚至还没有宣战。然而每个人心中都充满恐慌,想要回家。

"回英国的话,我不知道该干什么。"这个年轻人说。

我只能猜测他来拜访我的原因。他大概希望我告诉他最好的选择就是不要轻举妄动。他还在可以参军的年纪。然而我一直觉得,如果自己早就过了参军的年纪,就不太适合建议别人上战场了。

"我不确定你是否会喜欢留在这里。你也知道,这个国家每个身强力壮的人都动员起来了。我觉得他们对你不会太友好。"

"其中有些人已经很难打交道了。在咖啡馆我就经常碰到些说话夹枪带棒的家伙。不过还好,我不在乎。唯一让我心烦的就是怎么搞到钱。"

我一时以为他来找我是想借钱,可我误会他了。

"你也知道,这场战争可能会持续很长时间。你大概不会想要在萨纳里待上个四五年吧?"

"我无所谓。我已经习惯这个地方了。比起去打仗,我更喜欢留在这里。要是我回了英国,你觉得他们会强迫我参军吗?"

"我不知道,大概还没到那个地步。你今年多大?"

"如果能在信息部或者类似的地方找到一份工作,我会很乐意回去。但是我不想上战场,没有任何战斗的欲望。我是个懦夫。"

此前我从未听到过有人这样说。他的话让我相当意外,不知道该说什么。

"我也不想当个懦夫,我只是生来如此。这不是我能改变的。"

他的眼睛很漂亮,此时却流露出古怪的神色,让我无法看透。我只觉得自己必须得说点什么。

"要是这样的话,我觉得你就算当了兵也起不到什么作用。"

"我本来就不该有用。"

看起来没什么好说的了。

"要来一杯干马提尼吗?"我问他。

"再好不过。"他微笑起来。

---

① Sanary,即滨海萨纳里(Sanary-sur-Mer)。
② Lion(本书原文作 Leon) Feuchtwanger(1884—1958),德国犹太裔小说家。
③ Aldous Huxley(1894—1963),英国作家,代表作为《美丽新世界》(*The Brave New World*)。

他的笑容颇有魅力。

过了几天,他再次登门。看起来,住在里维埃拉的德国流亡者都被看管起来了。我们附近那些人都被送往土伦,在一处空置机库里集中居住。他们没有被褥,只能睡地板。给他们的饮水供应不足,食物也难以果腹。刚开始他们还可以从外界接收必需品供应,但这项福利很快就被撤销。他们不能写信收信,见朋友的话也只有几分钟时间,并且需要在看守的监视下进行。他们就像牲口一样被管制起来,还得时时忍受看守的辱骂。我的这位访客大为愤慨,觉得这些为了逃离纳粹集中营而离开故土的人不该受到这样的对待。我却无法完全认同他的愤怒。众所周知,这些流亡者中有纳粹间谍。仅仅因为他们声称自己反对希特勒政权就任由他们活动的话,未免有些不智。当然,他们的糟糕境遇令人同情,但对他们的管制是迫于形势匆忙上马的。他们的集中点也是当局眼下能找到的唯一可用的地方。可以确信的是他们并没有遭到不人道的虐待。这些人在法国得到庇护,也享受了法国人的好意。在我看来,此时面对这场飞来横祸的他们正该心态平和,以展示他们对法国的感激。如今时局紧张,就算法国人出于国家安全的理由认为需要把他们视为可能的敌人,我也想不出他们有什么理由对法国人心存怨恨。谁都明白,大雨倾盆之际,无论好人还是坏人都不免被淋到。

然而我这些想法对这位朋友来说未免太过理智了。此时他正是一腔人道主义怒火,对法国人的愚蠢、专横和野蛮大加挞伐。被关押起来的人中就有《犹太人苏斯》的作者利昂·福伊希特万格。这位朋友给我带来了一封福伊希特万格的妻子的信。她在信中请求我帮忙解救他。福伊希特万格已经年过五十,是纳粹党的激烈反对者,甚至因此被剥夺了德国国籍。把他也关起来似乎太过荒谬。

恰巧,我和法国最杰出的作家之一让·吉侯杜①略有交道,而他正好在法国外交部供职,已被任命为巴黎信息局②的负责人。我给他去了一封长电报,随后又寄去一封信,讲述了福伊希特万格的情况,并指出触怒这些在战后回到德国就有能力影响公共意见的德国流亡者乃是一种危险的做法。我并不知道我的插手有没有起到作用,反正没过多久,我就收到福伊希特万格的来信,说他已经获释。

时间过去了一个星期又一个星期。天气转凉,游泳不再让人愉快,反而成了一种意志锻炼。于是我不再划船到港湾出口去,而是直接从"莎拉"号的甲板上往水里跳,全力游上一会儿。此时的邦多如同一位被善变的大众遗忘的女演员,饱经风霜,韶华已逝。有一天晚上,我偶尔光顾的那家酒吧的招待登船道别,因为他天一亮就要离开。

"你愿意走吗?"我问他。

"没什么好遗憾的。生意糟透了,而我也不用去当兵。我才三十六岁。哪怕在没活儿干的地方,我也肯定能轻松混到一份工作。"

日复一日宛如死水,让人难以忍受。我们决定回家,却又发现一条新规定已经生效:要想离开邦多,穿过土伦那边严密警戒的军事区,从一个省去往另一个省,我们大概需要花几个星期才能申请到必要的许可。要想上火车,先得让邦多火车站的警察检查文件。到了土伦和尼斯也会有警察上车。如果你的文件有问题,你就会被赶下车送往警察局。我们似乎没什么办法可想,但是既然已经定好了要走,就很难再忍受滞留。于是我们决定冒一次险。就像一

---

① Jean Giraudoux(1882—1944),法国小说家、散文家、剧作家和外交官。
② 应指法国政府于 1938—1974 年间设立的信息部(Ministère de l'information),后同。吉侯杜在 1939 年被达拉第任命为该部部长。

个老故事里说的那样：一名囚徒花了许多年挖一条逃跑的地道也没能成功，却突然福至心灵，拧了一下牢门的把手；门开了，他直接就走到了大街上。我们的经历和这个故事不无相似。我们把游艇托付给一个当地水手，然后钻进一辆破破烂烂的出租车，告诉那个颇感吃惊的司机说我们要去费拉角。在邦多的边境我们遇见一名中年的预备役哨兵。他的制服不合身，看起来令他相当难受。这个人只是瞟了我们一眼，却没有让我们停车。我们径直穿过土伦，无论在入境还是离开时都没有引起哨兵注意。我们就这样跨了省（尽管这是被严格禁止的），没有遇到任何阻碍，并在入夜时分回到家中。整个旅程毫不费力，仿佛严格的管制并不存在。

十

我在家里留有两名女佣,却一直没有办法让她们知道我们要回去,因此她们毫无准备。房子看上去就像是被遗弃了一样。客厅里没有鲜花摆放。整个地方毫无生气,甚至有些森然。一所房子这么快就失去了它的宜人气氛,实在令人惊讶。那些家具、绘画乃至书籍都有了一种无主之感,让人觉得它们冷漠慑人,仿佛只等拍卖师落槌。厨娘去想办法凑合出一顿饭。我则开始检视我离开期间累积起来的信件、杂志和书。信件中有一封来自信息部,提到我的名字已经被报给部长,而部长认为我应该能帮上忙,因此他们要求我保持待命,如果没有提前上报意向就不要接受其他工作。这封信让我精神一振——看起来我终于能有点事情做了。我继续阅读信件。突然,一阵忙乱的奔跑之后,厄尔达跳到我的大腿上。我猜它之前大概是忙着自己的事,刚刚才发现我回来了。

这所房子里养了好些腊肠犬,从来没有少于四条。如果新生的小狗还没有大到可以送人的话还会更多,甚至能多至十条。它们已经在此繁衍多年,都是那条优雅迷人的黄褐色小家伙的后代。它的名字叫艾尔莎,来自《罗恩格林》①中那个烦人的女主角。它的所有后代的名字也都来自瓦格纳作品。艾尔莎现在已经是个老太太了,不再适合活泼好动。它确实也表现得安静恬然,但它胸中仍然燃烧着青春的火焰,就像人类种族中因为年岁的增长而明显失去了无穷可能的女性一样。它已经养育了数量庞大的后代,是时候功成身退了,可是季节一到,你就很难让它明白这一点。它的儿女和孙辈越来越多,给它们起名也变得越来越难。眼前这条之所以叫厄尔达,是因为我们已经想不出别的名字。它是一条黑褐间色的狗,块头很小,有一颗漂亮的脑袋,躯干却甚为粗短——这一点遗传自它的父亲。后者属于一位副主教,血统毫无瑕疵,体型却因为它与英格兰教会之间的联系而显得臃肿呆板。厄尔达还有五个兄弟姊妹,但唯独它从很小的时候起就喜欢独享我的关注,其中的缘故只有它自己知道。如果我对其他腊肠犬表现出一点点注意,它就会强烈表达不满。如果我不改正,它有时甚至会好几天不理我。它不像其他乖巧的腊肠犬那样通常睡在床脚边,而是坚持睡在我床上,并且一定要睡在中间,让我非常不方便。至于我的抗议,它完全无视。它相信床中间就该属于它。我走到哪儿它都跟着,就像我的影子一样。在它三个月大的时候,有一次我去游泳,它还跟着下了水。当时我从一块岩石上跳入水中。它觉得我肯定会淹死,于是也跳下来打算救我。然而大自然的力量是它从来没见识过的,把它吓着了。它想要上岸,可是岩石太陡爬不上去。它吓破了胆,以至于当我抓住它时,它因为恐慌而拼命挣扎。我花了不少力气才把它带回岸上。从那以后,我去游泳时它还是会跟着我走上一段。一看出我的打算,它就会停下来冲我叫上一两声作为警告,然后便会撒开腿一溜烟跑回家。它的想法再清楚不过:那个蠢货喜欢淹死自己就随他去,反正我是不会跟上去看着他死。

每次厄尔达看到有箱子和袋子被搬下楼,发现我要出门时,它就会可怜巴巴地到处乱走,生起闷气。然而只要我一回来,它又会

---

① *Lohengrin*,瓦格纳创作的三幕浪漫主义歌剧。

兴奋得欢天喜地。它会在房间里疯跑,往我身上跳,也会往地上一躺,等着我给它揉肚子。然后,它又会突然想起我之前竟然那么狠心地抛下它,开始啜泣。这样的画面确实会狠狠打动我,让我觉得自己自私又残忍。除了我之外它谁也不喜欢。每到它的发情季,我们会给它安排婚事,找来的都是英俊优雅、血统高贵的小伙子。可是,面对它们的追求,厄尔达只会报以激烈的敌意。最热情的追求者也会被它吓跑。如果你觉得它只是品位糟糕,或许在面对一条血统低劣的乡下小子时就不会这么无动于衷,那你就是误会了它。不管是獒犬、雪纳瑞犬、德国牧羊犬、贵宾犬还是狸犬,它都不屑一顾。它就像亨利八世那位了不起的女儿"处女王"①一样,安于一辈子单身。

---

① 指都铎王朝的女王伊丽莎白一世(1533—1603年,1558—1603年在位)。

十一

和里维埃拉其他大部分地区相比,费拉角的人口从来不算稠密。这里很大一块地方曾经属于比利时国王利奥波德一世①。他去世时,这块地被分成大块出售。我拥有其中十二英亩。整个费拉角现在还有相当大一部分是荒野,和英国人发现此地拥有全欧洲最宜人的气候之前的状态并无区别。现在整个地方都被抛弃了。几乎每一座别墅都大门紧闭。我出门走上一个小时可能都碰不见一个人。有一天下午,我遇到一个年轻人。我认识他,因为他曾经是滨海博略②一家旅馆的网球球童。他叫尼诺,在滨海自由市海湾附近做各种杂活,过着紧巴巴的日子。虽然如此,他还是结了婚,有了几个孩子。尼诺身形高瘦,走路无精打采。我问他现在做些啥,他只回答说什么也不做,现在哪里都找不到工作。我好奇他为什么没穿军装。他说征兵处不要他:为了让军医认为他不适合服役,他一直在吃药,并且尽量少吃东西,把自己的身体状况搞得很差;但他还不能大意,因为那些人可能会让他去复查;他不能冒任何风险。

"我希望他们说我有肺结核。"他告诉我。

"你宁愿得肺结核也不愿保卫祖国?"我问道。

"让我选一千次,我也选肺结核。"

"看来任谁也不能把爱国这顶高帽扣在你头上。"

"爱国?那是什么鬼话!爱国是有钱人的事。"

自我离开以后，费拉角有过一些军事活动。我的房子下方那条公路的一端现在多了一座小军营，那是一处防空炮台。大炮就在悬崖上，以树林为掩蔽。康诺特公爵的房子附近的足球场上还有另一处炮台，周围有带刺铁丝网保护。在几乎正对它的地方有一座气氛不错的小咖啡馆。常来的有我家山顶那座信号塔上的水手，也有不在值守的士兵。到了傍晚，他们会来打贝洛特牌，也会随着一台留声机播放的音乐跳舞。整个费拉角就只有这一处地方还有些生气。我时不时也会过来。这里的水手我认识几个，因为他们会从我家花园抄近道上大路。士兵我也认识几个，因为他们每次缺酒喝，总能在我家得到几瓶。他们很高兴能在这个几乎不可能需要他们参战的地方驻守，并且对此毫不隐瞒。水手说话从不藏掖。

　　"说到底，这又不是我们的战争，"他们说，"这是你们有钱人的战争，不关我们的事。"

　　我以为，这些人被迫放弃了自己的生计，有这样的牢骚再正常不过，于是我没太在意他们的话。然而我错了。我还记得我当时提到法英两国和波兰之间的条约，然而这番话得到的只有奚落。

　　"条约算什么？希特勒又不傻，怎么会理睬那些东西？只要条约不合他的意，他就当它们不存在。"

　　其实那个水手的原话并非如此，但是因为太过粗俗，我没法准确翻译。当时还有一名原先职业是裁缝的中士在场。

　　"法国的尊严就不用考虑了吗？"

　　那个水手对此报以日常法语对话中最脏的那个词。其他人哄

---

① Leopold I（1790—1865），比利时萨克森-科堡-哥达王朝的第一位国王（1831—1865年在位）。
② 滨海博略，Beaulieu-sur-Mer。

堂大笑。然后水手接着说:

"只有一种战争是我愿意打的,到时候我可不会偷懒。那就是穷人对有钱人的战争。这场战争总有一天会来。"

十二

这段时间里我也继续做我手头的工作。我没有心思写小说,也不知道哪一天就会受到英国方面的召唤。我忙的是准备编一部文集,把我作品中关于阅读和写作的种种观点汇集起来。这只是个力气活,谈不上有趣,但至少能让我的注意力从战争上移开。尼斯另一边那些林克思球场①仍在营业。但是那边已有军队驻扎,让我觉得跑过去打球未免有些不得体——毕竟在旁边看着的是一群荷枪实弹却又心怀怨愤的士兵。因此,我锻炼的方式便是长时间的独自散步。我已经留意到信息部的那封信在路上走了三个星期,因此在回信中建议他们的指示最好以电话或电报的形式发送给我。私人事务不能使用长途电话,但我知道政府部门是可以的。然而,信息部对这些方便的通信手段似乎并不熟悉。又过了好几个星期我才收到回信。他们的要求之一是让我写一批系列文章,介绍战时的法国和法国人为战争付出的努力。此外,他们还让我尽力调查法国人看待其英国盟友的态度。关于这一点,我已经知道我能说的几乎都不会让他们高兴。此前不久,当时的战争大臣霍尔-卑利沙②发表了一次演说,吹嘘他让十五万英军士兵顺路登陆法国的成绩。然而此前法国人一直以为法国国土上至少有三十万英军,因此霍尔-卑利沙先生的话让他们感到焦虑不安。当时他们就要求我写一篇关于法国人心态的个人报告。自然,我只能讲述我熟悉的地区的情况,但在报告中我的看法更为大胆,认为法国其他地区的情况也应该和我所在地区一样。法国人的不满还有其他理由。他们认为英国人没把这场战争当回事。在法国,二十岁到四十五岁之间的人都被动员起来了,可是英国只让二十出头的年轻人接受训练。这没法让他们放心。战争才开始几个星期,已经有心怀不满的人宣称:英国准备好战斗到最后一个法国人倒下。

对这项落到头上的任务我并不太喜欢,因为我一直期待的是他们能让我做些和写作无关的事。然而事已至此无法可想,于是我立刻着手安排工作。要写出任务要求的文章,仅凭我手里这点信息远远不够。幸运的是,我在巴黎的信息局还有一位密友。我发了电报,寻求他的帮助。此人做事一向风风火火。一收到我的电报,他就打来电话,告诉我假如我能现在就去巴黎,他就能帮我取得我需要的材料。第二天一早我就赶到巴黎。此前我一直习惯住在法兰西舒瓦瑟尔酒店。那是一家老派的旅馆,用的家具装饰还是第一帝国时期的,有一种巴尔扎克小说中的气氛,正合我的口味。然而这家酒店此时已经停业,因为它的主管和大部分员工都收到了动员令。于是我选择了它隔壁的旺多姆酒店。当天下午,我的朋友把我带到了已被他们信息局征用的大陆酒店。这里就像个兔子洞,里面有数不清的人在忙碌。我被引见给好些前任大使。他们个个庄严而忙碌。然而在这一片陌生的环境中,有几个头衔高贵的年轻人却让我感到茫然——在一个爱挑毛病的人看来,前线才是更适合他们的地方。让我觉得糊涂的还有一大堆教授。法国人对学识的极大尊重一向有口皆碑。这个信息局的主管让·吉侯杜就是一位杰出

---

① Links,一种古老的高尔夫球场类型,起源于苏格兰,通常建于表面较硬的岸边沙地,少树多风。
② Leslie Hore-Belisha(1893—1957),英国政治家,1937—1940 年间任张伯伦内阁的战争大臣。

的文学家，也是一位外交官。初看起来，让出色的作家来负责新闻的审查和传播似乎是个好主意，其效果实则一塌糊涂。法国人喜爱优雅的文句。这些被赋予了演说任务的优秀作者便在广播中大讲特讲。他们没有意识到广播时间不够他们这样做。那些精巧的句法加上陈词滥调唯一做到的就是让公众厌烦。事实上，唯一能取得效果的演说者就是总理达拉第。他有一种实在的简洁风格，也懂得如何把要说的任何东西用清晰而又诚挚的方式表达，因此牢牢抓住了法国人民的心。或许正是因为这种才华，明显并不适合如此重任的他才得以长期执掌大权。民主政体的缺陷之一就在于此：一个人可以靠着演说天赋取得与他的品性并不相匹的权力。午餐时，我的朋友就告诉我这个信息局已经乱成了一团。让·吉侯杜是个亲切和善的人，也不乏智慧，但是并无组织天赋，因此局里的雇员就像一大群没头苍蝇一样四处乱撞。并不是没有人打算撤换他，可是迄今为止这种努力都被他一一挫败。没有几个人清楚自己该干什么；没有人能办成任何事情。这里就是一片勾心斗角的天堂。无人能够确保自己的位置，因为总是有人在一旁觊觎——无论是为自己还是为朋友。哪怕有人想要认真办事，他的努力也会毁于同事的嫉妒。除了人际关系，其他都不重要。

话说回来，就我的任务而言，我得承认他们尽到了一切努力给予帮助。我这位朋友有一套滔滔不绝而又富于说服力的话术，已经为我提前打好了基础。我被引见给正确的人员。每当我说明我的需求，他们都不遗余力地帮忙。不到一个小时，我就获得了去前线的许可。与信息局对接的一位将军同在南锡负责指挥的另一位将军通了电话。然后他们当场就安排好了一切：我坐后天的某次列车前往南锡，还会有一位军官负责我的行程，向我展示一切我想看的东西。接下来,我的朋友把我领到同一栋楼的另一间办公室。在这里,他们又替我安排了第二天早上九点与军备部部长多特里的会面。我为自己终于可以做点事情而高兴,也为得到这样真诚的帮助而兴奋。我还想要补充一点(希望不会被认为太过自得):一切如此顺利,不仅是因为与此事有关的人们明白我要写的文章会有用处,也是因为我在法国还算有名,他们都读过也都喜欢我的书。在英法两国,作家的地位大不相同。法国人尊重作家,认为他们的看法值得一听;英国人则用狐疑的眼神审视作家,也不觉得他们要说的话重要。我们英国人尊重的是政客和行动家,对理念抱有本能的不信任。

十三

我自觉这一天做成了不少事,于是到了傍晚便邀请那位不知疲倦的朋友和两位明智而又头脑清醒的记者共进晚餐。我的客人都很健谈,我便多听少说。他们都觉得达拉第在总理位子上待不了多久了,却无法就谁能接替他达成共识。看起来达拉第已经失去了决断力。每当事到临头,他便会踌躇不决,把问题搁置起来,妄想它会在局势发展中自然解决,无需他插手。我得知总司令甘莫林①更热衷于政治斗争而非赢得战争,正倚仗他与达拉第的私人关系抵挡军中对手们的夺权阴谋,又得知全军和全国民众信任的是甘莫林手下的参谋长乔治将军②,但两位将军都懒得理会彼此。有机会开口时,我便提出自己想要讨论的话题,即法国人如何看待英国的努力,以及法国民众和军方与英国远征军的关系如何。回家之前,这样的问题我要问上许多次。大多数时候我听到的回答都差不多。这番调查的成果后来被我写入了一份个人报告,不妨在此公布。我得到这样一种印象:法国人中广泛存在着对英国支持不力和英军人员行为的不满;他们那种自觉适于向盟友展示的友好,更多是缘于政策,而非缘于友谊。英国人的轻浮令他们震惊。在搭乘军列横穿法国时,英国兵还会在列车上用粉笔写俏皮话,这样的做法在法国人眼里傻得透顶。此外,英国人在行军时竟然会有唱歌的好心情,这也引来一些法国人的尖酸评论。法国人也不太理解英国兵对体育比赛的热情。除开那些受到盎格鲁-撒克逊文化影响的群体,其他法国人只会觉得体育相当幼稚;在整个世界危如累卵的时刻,成年人居然还想着踢足球,这在他们眼里足以表明英国人毫无稳重可言。我不得不一次又一次向他们解释:英国兵就是这个样子,除了接受之外,别无他法。

"他可以为你们而死,"我对他们说,"但在死之前他怎么也得说个笑话,哪怕它一点也不好笑。"

美国人总觉得英国人缺乏幽默感。其实他们搞错了——英国人的幽默感只是跟他们的不一样。英国人的幽默颇为机敏,只是往往太过粗俗,让人难以举出好例子。下面这个故事就颇得我心:一名年轻的大学生在大罢工期间开巴士;他刚把车停下,就被气势汹汹准备揍他一顿的人群围住;一个女人高喊:"你这臭杂种!"年轻人却笑嘻嘻地回答她:"啊,母亲,你怎么在这里?"人们听出了他的言外之意,哄堂大笑,放他走了。

说到这里,我就不得不提起一件让法国人十分不满的事。当时整个法国都在追问英国军队在哪。包括我在内的好几个人也在催促陆军部做安排,让巴黎居民能亲眼看到那些正向前线开拔的部队。通常的做法是,部队下船后乘火车前往巴黎,在车上绕城一周,然后开向目的地。我提议说:如果换一种做法,让部队行军穿过巴黎城,更能激发法国人的情绪。官方不喜欢这个办法,因为大兵们一进车厢,就会解开腰带和军服,让自己更舒服,要让他们重新穿上适合行军的行头会相当麻烦。不过反对意见最后还是被推翻了。威尔士卫队在一个晴日穿过巴黎的林荫道,走上香榭丽舍大街。然

---

① Maurice Gamelin(1872—1958),二战前的法军上将、法军总参谋长,二战爆发后任法军总司令。
② Alphonse Joseph Georges(1875—1951),法国军人,于二战初期担任法国东北前线司令。

而他们选用的行进曲是《兰贝斯街》，让巴黎人大为不安。在他们心目中，让这些奔赴前线的大兵踩着轻飘飘的舞曲步点行进是一种不可思议的做法。

然而，令英军和法军彼此看不惯的主要原因还是英军的薪水更高。英国兵买得起奢侈品，而法国兵只能干瞪眼。姑娘们也更喜欢那些为她们花得起钱的小伙子。造成不满的一个次要原因则是法国人必须在晚上八点半之前回营，而英国人能在酒馆里待到九点半。每当法国人成群离开，英国人就会起哄。他们并无恶意，但在必须忍受的人听来，这样的嘲讽就让人很不舒服。在这最后一个小时里，那些英国兵总会变得兴奋，不把酒馆里的瓶子砸光就不算完。这样一来，当法国人第二天一早想来开开胃的时候，就没有酒可喝。英军中这种从官到兵的酗酒习气招致大量恶评。每有法国军官受邀参加英国人的聚会，总会被那些餐后喝得酩酊大醉的主人吓坏。而第二天，英国人又会精神抖擞地参加阅兵，双颊红润，眼神炯炯，光鲜得像春天里的树叶，更让这些法国军官恼火。然而，无论是城里的还是乡下的法国平民都不讨厌英国大兵。前者是因为英国人花钱大方，后者则是因为英国人从不拒绝帮他们干点农活。

总的说来，要增进英国远征军和法国人之间的情感，还有大量的工作要做。我并非主事者，能做的不过是指出问题，提出改正建议。

第二天一早，我拜访了军备部部长鲁尔·多特里。这是个黝黑而机敏的小个子，眼睛有点斜视。他早已做好精心计划，让我能参观各处工厂。多特里先生是一名工程师而非政客，早因他对破败不堪的国营铁路的重整工作而享有盛誉。此人是个工作狂，无论对下属还是对自己都毫不放松，动力十足，又能诚恳待人。在政府成员中，唯有他的名声不因法国的溃败而受损。要完成他的安排，我最少要用一个月，然而我并没有这么多时间。正如战争中所常见的那样，任何行动方案都不是仓促决定，人们却总期待行动立即得到结果。要搜集足够材料完成写作任务，我最少需要三个月，然而他们只给了我一个月。作为一个对此类事务一无所知的外行，要写出一篇军备方面的可读之文并不容易。我心里清楚，要做到这一点，我只能大量搜集材料，从中拣选，然而用于搜集的时间又不能超过一个星期。我向部长解释了这一点，让他明白我一从前线回来就会通知他。

十四

当天下午我就赶往南锡。我的旅馆房间已经有人订好,就在车站附近。斯坦尼斯拉斯广场上那家著名酒店此时关门歇业。它所在的大广场是欧洲最漂亮的广场之一,而它的建造者是斯坦尼斯拉斯·莱什琴斯基①。此人曾是波兰国王,因失去王国而获得洛林作为补偿。他的女儿嫁给了路易十五这位情种。在她死后,路易十五曾这样说:"除了去世,她从未让我有丝毫不快。"(当然,他的说法更为隽永。)宏伟的王宫位于广场一侧,大门镀金,雕塑优雅。整个广场堪称洛可可风格建筑的完美典范,然而此时它的美好全被成堆的沙袋埋没。我刚走进自己那家简朴的小旅店,一名干练的年轻军官便出现在我面前,告诉我说他的任务就是照顾我。我们一同走进隔壁的咖啡馆,在一张大理石面的桌子边坐下来,点了饮料。这名军官是布列塔尼人,原本是建筑师。他的英语说得相当好,正因为这一点,那位不知道我会说法语的将军才会派他来做这项工作。此人聪敏而有教养,又亲切友善。我向他解释了我想要看到什么,并听从他的建议。安排好接下来几天的事务之后,我们便开始闲聊。对前线正在发生的事,我并不急于了解——有的是战地记者在忙活。我更想知道的是军队中的状况,农夫们如何看待这场将他们卷入其中的战争,以及德国的宣传对部队有何影响。我邀请这位军官共进晚餐,他便把我带到城里的一家餐厅。这里挤满了军官,有的三五成群,有的与妻子或者情人单独在一起。他在晚餐桌上给我讲了一个动人的故事。故事中,一架英国飞机在执行对德军前哨的侦察任务时被击中,刚刚飞入两军阵地之间的争夺区就坠毁了。法军士兵找到了坠毁的飞机,发现飞行员还活着,只是不省人事,然而另外两名机组成员已经死去。士兵们把飞行员带了回来,送往位于南锡的医院。他受伤很重。醒过来时,他问的第一件事就是同机人员的情况。医生告诉他那两人已经死了。他在病床上挣扎着坐起来,举手与缠满绷带的头部平齐,行了军礼,说了这样一句话:"好吧,他们是为英国牺牲的。"

第二天我便踏上行程。我先去的是德拉特尔将军[②]的总部。这位将军仪表堂堂,彬彬有礼,一身军装显得格外优雅。我和他聊了一会儿。他邀请我一起用餐以便深入探讨。于是我们出发前往斯特拉斯堡,在那里和市长共进午餐。与我同车的是一名参谋上尉。他的任务是在斯特拉斯堡给我带路。此人年约三十五岁,从军前是一位小有名气的小说作家。他是总理达拉第的私人朋友,并因此得到眼下这份工作。后来有人告诉我说他负责起草达拉第的演讲稿,但我不知真假。正如作家们见面时的常例,行车途中我们聊起了书。敌军的飞机从我们头顶低空飞过。在我印象里,他抬头看时心怀恐惧。斯特拉斯堡城已经疏散,街道空空荡荡,店铺关门闭户。往昔熙来攘往的城市一片死寂。打破寂静的,只有被遗弃的、饥肠辘辘的猫咪的尖叫,声如裂帛。就在我们在街上游荡时,空袭来临。我们看见德军飞机出现在头顶。警报在这座阴沉的城市中响起,格外森然慑人。我的同伴慌乱地瞟了我一眼,问道:"要躲一

[①] Stanislas Leszczynski(1677—1766),曾任波兰国王和立陶宛大公(1704—1709,1733—1736),在波兰王位继承战争中被推翻后成为洛林公爵。

[②] Jean de Lattre de Tassigny(1889—1952),法国陆军将领,曾先后为法国维希政权和自由法国政权作战,并在越南抗法战争中指挥法军,去世后被追授法国元帅。

躲吗？"我不想跑，但是觉得如果我拒绝的话，他只会觉得我虚张声势。于是我们风度全无地沿街小跑起来，一直跑到防空洞才停下。跑到时我们都有些上气不接下气。几分钟后，一名丰腴的年轻女子步履悠然地走了进来，很明显毫不在意自己是否能及时赶到。这让我好奇我这位参谋上尉同伴此时是否和我一样，觉得自己慌得像个傻瓜。

在他陪伴我的三天里，我对此人有了相当的了解。他对我说，只要他愿意，不用费力就能在巴黎谋得一个安全的位子，他是主动坚持要到前线来，又说他在见到死人时无法不感到恐惧。他说那些军官同僚向他保证他会慢慢习惯。在他们看来，战争中的死亡根本轻如鸿毛：如果你的朋友死于战争，也就相当于他被调往另一防区，不会对你有什么影响。游戏规则而已，你只能接受，就像打桥牌时接受一手烂牌。他问我是否见过死人。我回答说上次大战爆发之初我就在法国，还对他讲述了一次至今铭刻在我记忆中的事件。我已经想不起来地点，只记得那是一场造成上千伤亡的小型战役。当时我在医院门外见到成堆的死人，像死羊一样被堆得层层叠叠。这些人无法让我产生他们曾经拥有生命的感觉，只让我觉得是些寻常事物。接着，我便注意到一件让我觉得奇怪的事：他们的手都小得出奇。这些人不过是普通的士兵，然而他们的手却呈现出一种我们误以为贵族才会有的特征。一时我竟觉得，因为失去了所有的血液，他们的手显得那么优雅。我问这位上尉有没有同样的印象，可他说他根本无法直视死者。那样的场景只会让他恐慌。

我觉得他和我分开之后一定会谢天谢地。每有飞机从头顶飞过，他都会紧张地抬头看，枪炮声也总能让他不安。尽管他忠于职责，带我去了每一处我想去的地方，但很明显他一直无法放松。我并不是说我自己展现了什么勇气,然而除了在他的惊惶想象中,这一趟并无危险。后来我读了他的几部小说。它们可以说情感丰富,引人入胜,其中有对他生长于斯的乡村的诗意情绪,有精巧的幽默感,也有对他所熟悉的农夫的热切同情。这些小说以细腻而非力量见长。我对他颇为好奇,也喜爱他的陪伴。后来我发现,他来到前线乃是出于爱国精神和一种英雄主义的冲动。然而正如其他许多作家一样。他此前并未意识到虚构与现实之间隔着巨大的鸿沟。在我看来,他害怕得要死。这种恐惧让一个人变得毫无体面地喋喋不休,变得害怕飞机、枪炮,以及一切在他想象中呈现的危险。然而,或许因为害怕朋友和同僚可能的看法,或许因为害怕自己会看不起自己,他不会设法将自己转往安全地区,尽管他无疑拥有那样的影响力。

接下来的几天里,我四处游荡,参观了马其诺防线,拜访了一座炮台。炮台指挥官对我说:即使陷入围困,他也能坚持六个月。几个月后,我在报纸上看到消息说这座要塞在陷落前仅仅坚持了四天,让我吃了一惊。我在某处指挥总部住了一晚。那天晚餐后,有几位军官带着一瓶黄香李酒来到我的房间,和我一起讨论时局。他们头脑清醒,思维敏锐,令我大开眼界。他们都期待着能与德国人交战,并对击溃对方满怀信心。一天傍晚,我和本战区所有部队的总指挥普雷特拉将军①共进晚餐。他在陆军中颇有声望,被认为是能力最强的将领之一。和他在一起,你很快就会意识到他的可靠品行。他住在南锡城郊一栋被征用的丑陋别墅里。当天的晚餐堪称煎熬。他的参谋们和我们同席——桌上总共大概有十二个人——

---

① André-Gaston Prételat(1874—1969).

然而这些人都不说话,张嘴只为吃东西。唯一的对话发生在主人和我之间。他谈锋甚健,滔滔而论,毫不吝惜辞采。这是一位信心十足的将军。他经常轮换那些部署在前哨地带的部队,以便他们能利用这段等待期熟悉真正的战争。在时常发生的小规模冲突中,他发现法军士兵逐渐感觉自己能在一对一的较量中胜过德军士兵,这令他相当满意。他最大的麻烦就是麾下的部队太急于攻击,要说服他们耐心等待春天到来,让德军被迫前进,到那时候再消灭敌人。当然,还有一个无法回避的问题:德国有八千万人,而法国只有四千万;德军有一百二十个师,法军只有九十个;英国人必须准备好将三十个师投入战场。照我看,那就意味着四十五万士兵,差不多正相当于法国溃败时部署在法国的英军人数。这位将军接着又说法国在上次大战中损失了太多兵力,无法承受更多牺牲。法国必须步步谨慎。当时我并没有想到这个问题:如果没有牺牲士兵的准备,要如何才能打赢战争?他还谈到在击败德国后法国准备提出哪些和平条款。这已经是一百年来法国第三次不得不把德国蛮子赶出去了。每个法国人都相信这应该是最后一次。唯一合理的办法当然只能是干掉两千万德国人。既然这一点无法做到,就必须找到其他办法来保障法国的安全。将军表示,这一次他们不会再让别人骗走胜利果实,不会像上次大战之后那样被威尔逊和劳合·乔治欺骗。德国必须被再次分割成多个小国;莱茵河必须成为法国的边界。我指出:这样一来,法国人就要统治好几百万心怀不满、叛逆成性的德国人;在法兰西共和国收复阿尔萨斯-洛林之后,这些省份总是动荡不安,这让我意识到同化异族是一件多么困难的事。将军对此只是耸了耸肩。当然了,如果法国人足够多,就可以把那些地区的德国人都赶出去。可是法国人光是用来占领法国都不够,所以唯一的办法就是在莱茵河的各处桥头部署重兵,用武力压制德国人。

晚餐后,我向将军提出请求,希望能与他私下聊几分钟。他将我领入了书房。在忙着跟部队打交道的这些天里,我早已意识到让法国人大为担心的是他们一直没见到英军。他们知道在英军驻防于某处北方地区,却从未亲眼见过,因此缺乏信任感。我还了解另一点:法军的防空炮阵数量欠缺,射程也不足以有效打击德军飞机。因此我觉得在法军防线上的合适地点部署一批英国防空炮阵会是个好主意,既能让两军官兵彼此熟悉,也能吓阻德军飞机。在我看来,这种做法可以大大提振信心。然而,在将建议写入报告之前,我需要知道法国人是否愿意接受这番好意。将军对我的想法大感兴趣,问我是否介意他将之告诉他的参谋。接着他把那些参谋官叫进了书房,而他们同样欢迎我的想法。可是这条建议从未得到执行。我被告知:为英军士兵提供他们所习惯的饮食和香烟是个难题,让我的计划难于实现。

辗转各地期间,我发现了一个问题——士兵们似乎无所事事,游荡终日。家信会告诉他们:他们不在,家里的田地或店铺面临荒废。这让他们心焦。除了贝洛特牌,他们不玩别的游戏。这种玩法需要两到四个人。我只能将之描述为尤克牌的一种变体。劳工和小资产阶级最喜欢这种玩法。他们一玩就是好几个小时。伙食很好;每天的两顿正餐还配有葡萄酒。在这样的悠闲里,他们有大把时间去琢磨德国人的宣传。"斯图加特叛徒"费多内[①]不停向他们宣传:他们的牺牲只是为了挽救资本家的财富;法军身在前线,而英

---

① Paul Ferdonnet(1901—1945),亲纳粹的法国记者,著有反犹作品《犹太战争》(*La Guerre juive*)。他在二十世纪三十年代移居德国,在斯图加特电台用法语进行宣传广播,被称为"斯图加特叛徒"。他在1945年以叛国罪被捕并被判处死刑。

军却待在后方,和自己的妻子过着快活的小日子。偶尔总会有些法军士兵相信这种宣传,而如果能从时不时发生的个例来推论,这样的指控也并非不真实。就在我拜访阿尔萨斯驻军部队时,德国人正向法军阵地投放一份名为《浴血》的宣传品,上面印着四张图片。第一张里,一名法军和一名英军站在一片血泊边缘;第二张里,二人作势正要投入血泊;第三张里,法国人已经跳进去了,英国人却还在岸上;到了第四张,法国人快要被鲜血淹没,英国人却笑嘻嘻地迈着悠闲的步子离开。宣传的效果很好。唯一的反驳只能是无数法国教堂中为上百万来自英国及其自治领的士兵竖立的石碑——他们在上次大战中葬身法国。

狡狯的宣传和无所事事的日子都消耗着法军的士气。然而当我离开时,我还是得到了这样的印象:到了这些军队投入战斗的那一天,在那些睿智而热诚的军官的带领下,我们仍然可以相信他们会有英勇的表现。

十五

接下来的一个星期,我拜访了军需品工厂。人人似乎都在勤奋工作。他们的工时太长,而且每周工作七天。这让我不得不向部长多特里先生提出一个问题:血肉之躯是否能承受这样的压力?他回答我说他们别无办法。现在想来,我觉得那是错的。人可以在短时间内以每天十二小时的强度工作七天,但要是连续几个月如此,生产的数量和质量都会下降,而对工人的压榨也会大大影响他们的士气。糟糕的是,大量本该身处工厂的技术工人已经被动员参军,不是在守卫桥梁就是在擦洗营门。我提出请求,想要不受限制地和工人们交谈。他们极为友好地同意了我的请求。然而不管我走到哪里,身边总是跟着两名工程师,一名来自陆军,一名来自海军,时刻准备为像我这样缺乏专门知识的人解答疑难。他们跟得很紧,让我显得像是被两名警察押送的歹徒。各个工厂的主管对我都很友善。可是每当我停下来和工人交谈,主管和那两名工程师也会停下来。我并不傻,很清楚这样一来工人就不会对我说任何他们不喜欢听的东西。尽管如此,我还是得知一两件本不该让我知道的事。在其中一座工厂,我听见主管对我的同伴说他手下有六十多名工人因为从事破坏或共产主义宣传被捕。另一次,我听见一位主管说我最好不要到某某工厂去,因为那里的气氛很坏。还有一次,他们直接告诉我不要试图跟任何工人交谈。当我离开时,我得到如下印象:法国正在付出巨大努力以弥补其严重匮乏的军备供应,而大多数工人也全力配合，然而还有少数人（具体有多少我并不知道）心怀不满或是更糟。我发现直接提问无法让我得到满意的答案。我并没有令人信服的证据，但我隐隐有了一种感觉：许多工人担忧工厂主会利用战争，剥夺他们在社会党执政期间争取来的权利。我有足够的理由相信他们的疑虑并非没有来由。

十六

我的下一个任务是拜访法国西南部各地区。那里是受到威胁的阿尔萨斯-洛林地区居民的疏散地。这趟出行之后我返回巴黎，前往信息局问询他们是否需要我针对德方的宣传写一篇文章。关于这个题目我已经搜集了充分的材料，但它并非我的采访目标，因此我不清楚自己应该怎样做。官员们对此不屑一顾，表示他们早就知道情况不太好。然而真实情况只能说是一塌糊涂。那些可怜人接到通知之后只有两个小时准备，然后就被赶出家门，并被勒令只能带上自己拿得动的行李。他们乘上运牲口的卡车，不论冷热，不分白天黑夜地奔波三天，来到波瓦第尔和昂古莱姆，然后被分派到乡下。有的人在路上就生了重病。死掉的也不少。他们被告知离家时只需要锁好大门，自有部队替他们看家，还得到保证说留下的东西都会绝对安全。几个星期后，他们才惊慌地听说自己的房子遭到洗劫，而洗劫者正是那些受托守护他们家园的士兵。其中一位市长因为公务原因，不得不回家一趟。他对我说家里所有东西都被拿走了。他原先有一个不小的图书馆，现在里面一本书也不剩。要搬走那些书，得动用一辆卡车。因此他只能得出结论：军官也参与了洗劫。他家中的银器、被褥都不见了，绘画也都被人从画框里割走。意料之中，难民们被激怒了。许多人希望回家抢救剩下的财物，然而法国官方觉得他们不应该看见自己家里发生了什么，不肯放行。

他们分到的住所也相当糟糕。富有的地主和过着好日子的资产阶级拒绝为他们提供住处。许多市镇的长官也不愿征用这些吝啬鬼的房子,担心那样会让他们在下次选举中丢失选票。负责难民事务的部长卡米耶·肖当[1]不是太忙、太怯懦,就是太冷漠,没有表现出强硬的态度。这些难民被扔进破败得连养猪都嫌太差的棚屋、屋顶漏雨的茅屋、牲口棚、废弃的工厂和荒废的农庄。他们只能挤在一起。往往一间屋子里要塞进两三户人,更谈不上有什么卫生设施——要想取水,只有去可能远在三百码之外的水井。他们也无处生火做饭,除非自己搭起粗陋的炉灶。他们的衣物不足以御寒,因为他们在匆忙离家时只带了夏装。鞋子穿破之后,他们只能穿绒拖鞋在泥泞道路上吃力行走。为了不让住处的屋顶漏雨,为了不用睡在硬地板上,他们需要木料来修补和搭床架,却没有钱去买,因为商人们把木料囤积起来,指望战争带来的需求能让他们卖出高价。这些人里,能有一张垫子的都算幸运。我亲眼看见许多人只能睡在干草上。

整个局面如同一场噩梦,展示了对苦难的冷漠和无能为力,也展示了令人厌恶的自私。它暴露了法国政府中基本常识是多么缺乏——阿尔萨斯-洛林人本来就对法国人的统治不满,而此时遭遇的无视和毫无必要的苦难让他们更增怨愤。我听见不止一个人说:"如果法国人就这样对待我们,我们更愿意当德国人。"我早已下定决心只描述真实的情况,然而如果把我见到的事实原样写下来,只会造成一场毫无意义的丑闻。要不是为了讲述难民们的勇气和善良,我根本无法落笔。于是我对他们的悲惨处境只是轻描淡写,主

---

[1] Camille Chautemps(1885—1963),法国第三共和国时期激进党政治家,曾三度出任总理。他在法军战败后率先提议与德国停战,后出任维希政府副总理。

要讲述他们努力让生活变得可以忍受时表现出的创造力、他们在令人不忍言的环境中对清洁和秩序的坚持、他们在临时炉灶上烹出的美味菜肴、他们对彼此的善意,还有他们在艰难中努力生存的勇毅。我离开时,心中对这些坚韧、勤劳、诚实而又乐观的人充满敬意。

这次对难民的拜访中,有两件小事以不同的理由让我至今难忘。一天傍晚,结束了开车四处奔波的忙碌,我应邀前往一座位于森林中的城堡用晚餐。森林和城堡都属于一位法国男爵。他有一个显赫的加斯科涅①姓氏和一位美国妻子。他们的两个沉默寡言的孩子在一名同样沉默寡言的英国女教师的带领下也来用餐。餐厅四周的墙上挂着男爵历代祖先的肖像。他们住在这个远离城镇的地方,很少去巴黎。男爵一心用在管理他的森林上,而他的美国妻子则忙于慈善。这座古堡深藏林莽之中,远离尘嚣,四面各有一条大路,分别通往东南西北,作为一部巴尔扎克小说的故事场景再合适不过。男爵夫妇在此地主要接触的是农人和林业工人,很少见外人。他们的生活相当忙碌,却又奇怪地与世无涉。男爵本人四十多岁,仪表堂堂而又正直可敬。他在上次大战中受过伤,此时尚未接到参军的命令,但他认为征召很可能会再次到来。我问他:一旦他需要上前线,这片森林该怎么办?

"我可以放心地把它们交给我的妻子。关于林业她懂得不比我少。"

男爵夫人大约三十七八岁,个子不高,体态丰腴,容貌可亲。她来自美国中西部某州,然而她的着装、发式、举止和看法都是法国式

---

① Gascony,法国西南部地区,现新阿基坦大区的一部分。

的。一名美国女子竟能如此完美地融入异国传统,其适应能力令我惊讶。客厅桌上有两三本《大西洋月刊》。我毫不怀疑这是她的读物,因为四周到处都是书,而我们之间的对话也能证明他们都有卓越的教养。然而我并不觉得这些杂志会给她带来乡愁。夫妇二人生活幸福,也喜爱自己的孩子。这样的日子颇有几分桃源意味,如同童话一般既趣味盎然,又有一种略带哀愁的优美。直到现在,我有时还会想他们也许躲过了这场侵略,仍旧住在那座美丽城堡中,被无边无际的森林环绕。又或者,粗暴的德军已经把那里当成了驻地,正在大肆砍伐树木,而男爵夫妇将这些树木视若珍宝,以一种有趣的、近乎怪癖的温柔爱护着。我驱车离开时,一轮圆月已经升起。辟开森林的大路在月光中亮如白雪。车灯照耀之下,惊恐的小动物在路上四散奔逃,奔向阴影的庇护。此时我的感觉就像是驾车离开睡美人的城堡。

第二件事就乏味许多。当时开车载着我在乡间奔波的是一名女子。正如那些一心为善的英国和美国妇女一样,她也为减轻那些不幸难民的痛苦做了许多贡献。那天下午晚些时候,我向她提出我应该找个旅馆过夜。

"你不用操心这个,"她回答我,"我有几个远房表亲就住在这一带。他们会很乐意接待。他们都是些非常质朴的乡下人,但是心肠很好,会用一顿丰盛的晚餐招待你。"

"他们可真善良。"我说。

她没有主动说出他们的名字,我也没想起来问。从她的话里,我猜测她说的是些穷亲戚,日子过得很不宽裕。因此,当我们在夜幕降临时驶入一处城镇,停在一座在昏暗中显得相当宏伟的房子前时,我不禁吃了一惊。接待我们的是一个矮胖男子,脸色红润,面容和善。他穿着不太合身的深色衣服,看起来是一位典型的法国中产人士。他领着我走进一个装饰得温暖宜人的房间。我惊喜地发现房间里还有浴室。他告诉我晚餐七点半开始。我累坏了,于是先洗了个澡,然后小睡了一会儿。到了约定时间,我走下楼,找到起居室。那里烧着亮堂堂的柴火,而主人正坐在那里。他给我倒了一杯雪莉酒。我在一张庞大的扶手椅上坐下来。

"你有没有在你房间里找到一瓶白兰地?"主人问道。

"我没找。"我说。

"这栋房子的每个卧室里我都会放上一瓶白兰地,哪怕儿童房也不例外。他们不会喝,但我还是喜欢在那里摆上一瓶。"

我觉得这种想法很奇怪,但没有说出来。就在这时,白天开车载我的司机女士和一名黝黑瘦削的女子一起走进来,并将后者介绍给我。那是主人的姐姐,但我没能听清她的名字。从对话中我听出来房主是个单身汉,而战争期间他姐姐带着两个女儿住在这里,因为她丈夫接到动员令参军去了。我们走进餐厅时,那里已经坐着两个十四五岁的小女孩,还有一位不苟言笑的女教师。在餐桌上服务的是一名老管家和一名女佣。主人开口说道:

"为了欢迎您,我特意开了我最后一大瓶波尔多淡红酒,1874年的玫瑰城堡。"

我受宠若惊,因为这是我第一次见到这种大瓶的波尔多淡红酒。酒味相当好。就一名"穷亲戚"而论,我觉得他其实相当富裕。菜肴也很精美,正宗的法国乡村烹饪风格,分量十足,口味或许稍稍偏重,相当甜腻,但极为鲜嫩。有一道菜实在太好吃,让我忍不住出声赞美。

"我很高兴你喜欢它,"主人说道,"我家每道菜都要用白兰地。"

这让我觉得这家人可真不同寻常，于是开始好奇如此好客的主人到底姓甚名谁。晚餐结束后，我们喝起了咖啡。此时管家又送来一瓶巨大的白兰地和一些大酒杯。之前那一大瓶波尔多淡红酒已经让我尽兴，加上此时身处陌生人中间，我觉得最好不要再喝酒了。于是，当酒杯呈上来时，我表示了拒绝。

"什么？"主人大叫一声，然后重重地坐回椅子上，"你来马特尔①家过夜，怎么能拒绝白兰地呢？"

所以，招待我用晚餐的，竟是全世界最大的白兰地贸易商。

"别忘了，"他接着说道，"这种白兰地市面上可买不到，是我特意留着给自己享受的。"

他这样说了，我只能把我的谨慎抛诸脑后。他向我讲述白兰地酿制方法如何被发现的浪漫故事，让当晚剩下的时间过得飞快。第二天我离开时，他又热情邀请我在战争后再次拜访。

---

① Martell，指白兰地品牌时译作"马爹利"，法国最古老的干邑白兰地品牌之一，始于让·马特尔（Jean Martell）于1715年建立的干邑酿酒厂。

十七

我的下一项任务是尽力挖掘战争期间法国女性的独特贡献,以及这场战争将会如何对法国人的宗教产生影响。我就这些话题所写的文章已经广为传播,无需在此谈论更多。在行程的最后,我拜访了停泊在土伦的法军舰队。我讲述了自己的见闻,然而我的讲述没能得到法国海军军官们的完全认可。对此我甚为遗憾,因为他们热情欢迎了我,把我招待得很好。然而与英美两国海军那种亮眼的整饬比起来,法国海军的仪容不整实在刺眼,让我无法装作看不见。还有一种近乎军纪混乱的现象让我大吃一惊。我在一艘战舰上停留过一小段时间,其间曾听到一名海军士官在执行长官命令之前和舰长大声争执。事实上他一直拒绝服从命令,直到舰长发起火来。然而,让读到文章的海军人士真正不快的,是我就那些海军军官对待使命的态度而发的议论。对他们的智慧和责任感我从不怀疑,然而我还是产生了这样的印象:这些人登上战舰就像普通人去办公室上班一样,脑子里还念念不忘每天下班回家。这就是为什么我会冒昧认为:法国海军军官们参军并非出于内心深处的浪漫冲动,而是先权衡了好处和坏处才接受它,就像是在挑选法律或是医学这样的行业。从军对他们来说更像是生计,而不是事业。法国人生活的重心在于家庭,所以在我看来,这些军官真正热切在意的,不是他们的战舰,而是或在布列斯特或在土伦的家,那里正有他们的妻儿翘首盼望。上述事件大概正能证明我的猜测与事实相去不远。

十八

我赶在圣诞节前夕回到家中,立刻开始写文章。行程期间是没法写的,因为白天的工作让人太过劳累,而我也没有记者那种一接到约稿就能马上成文的本事。就我而言,这种文章比小说更难写。各种必须处理的事实让人头痛,我需要足够的时间和思考来把它们安排妥当。在一份英国报纸上,我曾经读到过一位巡访行程与我相似的记者的文章。尽管这些文章在我看来失之肤浅,也不是时时都准确,但他那种把握要点并把专栏写得可读而又醒目的技巧只能让我敬佩。这些琐屑的小文章让我费尽了力气。大部分主题都颇为无聊,而我想把它们写得有趣。我也想忠于事实,又不得不在叙述中将部分事实弃之不提。哪怕是为了我自己,我也想把它们写得尽可能好。尽管这些文章只会在报纸上出现一天,在发行后的第二天就被人遗忘,我仍然无法接受让自己粗心潦草的文字流传于世。我当不了一个好记者。

在写作期间,一名从邻近机场过来的年轻飞行员拜访了我。他一脸颓唐。从他的讲述中,我得知许多飞机被送到他所在的小机场接受测试,因此就有大笔法郎通过制造商代理人流入测试人员的腰包,让这些飞机得以通过检验。他讲出的另一个故事更令人绝望。美国方面已经下令每个月要向法国交付五百架飞机,而一个关键小零件的制造专利掌握在某个法国制造商手里。他索要每架飞机一千美元的专利使用费。这意味着美国厂家只能在这笔交易里亏钱,因此不得不暂停交货。过了很久，我才听说这个故事的后续：直到巴黎陷落前两天，这个法国制造商才给美国公司发去电报，同意他们只需要为这个零件付每架飞机五十美元的专利使用费。

文章写完之后，我把它们邮寄出去，随后启程前往英格兰，去那边接受新的工作任务。这趟从巴黎到伦敦的火车旅行堪称折磨。通常全程只需要七个小时，然而眼下如果能在十七个小时内到达，就已经算运气不错。上船之后你也很可能滞留一整夜，因为有消息说海峡里有潜艇出没。我认识的人里还有两三个在布洛涅等了不下三天。我还从没坐过飞机。我总觉得，如果不急于赶到目的地，就不必冒飞行的风险。不过我也早就想好了，若遇紧急情况需要坐飞机，我不会犹豫。此时我便下定了决心，准备人生中第一次离开地面。然而当我抵达巴黎时，天气实在糟糕，根本没有飞机起飞。英格兰正在闹洪灾，大部分机场都被淹没。于是我利用这段时间四处拜访朋友。逗留巴黎期间，我接到一份有趣的邀约。上次大战快结束时，各国才发现它们尚未准备好明确的和约，因此只能利用仅有的资料草就一份。这一次法国人不想再措手不及，于是一个小型的委员会成立起来，由一位能干的外交官领导。在阿尔萨斯-洛林地区根据《凡尔赛和约》回归法国时，这位外交官就负责起草关于如何治理这些省份的法令，并展现了他在此类事务上的能力。有人提议说法国外交部、法军、英国外交部和英军各应在该委员会中占据一席。我受邀加入委员会参与草创工作。工作内容涉及对早至1648年《威斯特伐利亚和约》开始的种种历史条约的考察、旨在消除少数民族困境而对不同族群展开的民族志研究，还需要经常前往日内瓦查阅资料和寻求咨询。这项工作格外繁冗，不过至少看起来很有用处。当然，如果没有必要的授权，我什么也干不了。我向英国大使馆的公使提出了这一点。他认为此事相当重要,需要向伦敦的英国外交部报告。最后我得到一条干巴巴的回复,意思差不多相当于:在杀死熊之前,女王陛下的政府对怎么利用熊皮不感兴趣。

我的法国朋友们仍然和从前一样信心满满,认为德军一旦发起进攻必将被法军挫败。我已经收到报告说各处沙龙中出现了亲纳粹的声音。要不是因为他们的这种信心,我早已经坐立不安。贵族们憎恨共和派政权,相信在希特勒治下他们最终会比在布鲁姆①的社会党政府治下过得好,甚至懒得费劲掩饰这种想法。内政部长萨罗②传唤了一名贵妇,警告她说再不闭嘴她就要坐牢。富有的资产阶级宣扬如果战争拖得太久,法国就会被拖垮,而如果仗打上三到四年,英国人就得准备为后果买单。在这段无所作为的时间里,开小差现象在军队里屡见不鲜。一些年轻军官在来到巴黎时公开声称这场战争令人厌烦,纯属浪费时间,而如果能让希特勒占领法国并对之加以整顿,放他们安安静静去过小日子,其实也没什么坏处。这样的言论让我大为震惊。我还听说总司令甘莫林和他的参谋长乔治之间已经形同陌路,而达拉第对雷诺③也是满怀敌意,认为对方觊觎总理宝座,密谋反对他。有一则逸闻倒是称得上有趣。总统勒布伦④先生曾前往斯特拉斯堡,行程计划保密,只有他班子中的核心人员与闻,就连护送他前往车站的警察也是到了最后一刻才得到消息。他一到目的地,就被护送到莱茵河岸边。到了能看见对岸

---

① André Léon Blum(1872—1950),二十世纪二十至三十年代法国政坛温和左派的代表人物,曾三度出任总理。
② Albert-Pierre Sarraut(1872—1962),法国激进党政治家,1933—1936年间两度出任总理。
③ Paul Reynaud(1878—1966),法国政治家,1938—1940年间任财政部长,1940年3—6月担任总理,因反对与德国停战而被拘禁至二战结束。
④ Albert François Lebrun(1871—1950),法兰西第三共和国最后一任总统(1932—1940)。

的德国人的地方，这些人吊起一块巨大的牌子，上面写着"欢迎勒布伦总统"，字体大到瞎子都看得见，同时让军乐队奏响《马赛曲》。

天气没有好转，但我必须让大使馆以紧急派遣的方式把我送走。他们告诉我要时刻做好准备，接到通知后一小时内就得出发。我将要搭乘的是一架皇家空军的飞机。我两次从巴黎前往勒布尔歇机场，却都无功而返。其中一次，我在飞机上等了半个小时，然而最后飞行员还是宣布无法升空。到了第三次，他终于说："好吧，我可以起飞，但我不保证能降落。"飞机不大，在我看来一副要散架的样子。如果有选择，我一定不会选择在这种条件下第一次坐飞机。我们飞得很低，以免被误认作敌军。横越海峡时，我们距离海面大概不超过一百英尺。我知道飞越海峡只需要一刻钟，然而意料之外的是，一刻钟过后我的视野里依然没有出现陆地。我们就这样在海面一直往前飞，几乎让我觉得飞行员改变了主意，决定飞往美国。一个多小时之后我们才飞到英格兰上空。飞机绕过了一个小机场。我估计飞行员是收到了不得在此落地的信号。最后我们降落在萨塞克斯的一处军用机场。这里到处都是飞机。有人给我送来一杯酒，然后我就被送上前往最近城镇的卡车。当天是星期天，我到了镇上，发现最近的一班车也要两三个小时后才能到，而且还是慢车。于是我包了一辆汽车，又因为洪水阻断道路而两次迂回。抵达伦敦时，我已经是又冷又累又饿，好在还来得及去皇家凯馥酒店吃一顿深夜餐。

十九

第二天,我受邀出席两场鸡尾酒会。这是战争爆发以来我第一次回到英国,而这里的人们表现出来的普遍状态出乎我的意料。当然,每个人要么正从事与战争相关的工作,要么正尝试让别人从事。关于战争的谈论无休无止,然而我却感觉我们远远没有为参战投入全国的力量。我四处走动,见到的人地位有高有低,也和他们交谈,最终确认我的印象并没有错。然而当我尝试把这样的想法说出来时,却遭到尖刻的反驳。在各种午餐会和晚宴上,我见过的有内阁大臣,也有报界要人。每当我好奇他们为何还有社交的余暇,他们总会说:人总得找地方吃饭。各家餐馆门庭若市。如果到丽兹酒店参加午餐会,你能见到每一个熟人。剧场的生意也好得不得了。伦敦的停电状况比巴黎严重得多。人们不停抱怨说停电不仅打击贸易,也影响他们享受生活的乐趣。好在出租车司机都练就了在黑暗街道上穿梭的好本事,让停电对夜场顾客的影响远比我们以为的来得小。

关于张伯伦先生的抱怨此起彼伏。我听见许多人说他已经变得太过刚愎,听不进任何人的建议。按这种说法,整个国家完全由他、约翰·西蒙爵士①和塞缪尔·霍尔爵士②三人支配,而议会倒成了可有可无的东西。一丝一毫不服从的迹象都会遭到首席党鞭马杰逊上尉③的无情打击。各家大报盲目支持首相。下议院中的叛逆者、相当多的公众和工党则认为要赢得战争,英国需要付出的努力远非当前内阁力所能及。然而他们也想不出要怎样才能让张伯伦先生这样地位牢固的人让位给更强力的领袖——除非我们在海上或是陆地上遭遇惨败,让他不得不如此。这真是一场悲剧。

在这段时间里,我与张伯伦内阁中的几名成员经常会面。我还记得当时一次晚宴上的情景。女士们都已离开,我们还坐在餐桌旁,席间至少有三人是内阁大臣。他们就古典教育的长处展开了精彩的讨论,其中二人更是展现出他们对古希腊语的了解,令我敬佩不已。我从未与张伯伦先生会面,但我见过他的夫人。那是一场盛大的宴会,内阁成员和外国使团都收到邀请。从外表上看,我觉得张伯伦夫人更像是王国时期的法国女侯爵,同时却又奇怪地让人想起《爱丽丝漫游奇境记》里的白王后。她对我十分亲切,还告诉我:只要我足够勤奋专注,就能在写作上有更高成就。她读过我的一本书,也就是《总结》④,还很好心地邀请我有空去唐宁街喝茶,好告诉我她关于这本书的更多想法。可是我太过腼腆,没有接受。

张伯伦先生如今已不在人世。他去世时,媒体纷纷发表长篇悼文,赞扬他的品格。然而这些赞誉言过其实。他其实只是平庸之材,能登上高位,只是因为他所在的党派全力阻止那些独立而有才华的人获得名声——这样一来,在我们需要一位首相时,就没有能力卓著的人可选。他不是一般地自大,只在身边留下他喜欢的人,

---

① John Allsebrook Simon(1873—1954),英国政治家,从一战到二战期间多次出任内政大臣、外交大臣、财政大臣和大法官等职务。
② Samuel John Gurney Hoare(1880—1959),英国保守党政治家,曾在二十世纪三十至四十年代初担任内政大臣和掌玺大臣。
③ David Margesson(1890—1965),英国保守党政治家,以其在二十世纪三十年代担任保守党党鞭时的严厉著称。英国上院党鞭和副党鞭分别兼任扈从四十侍卫队队长(Captain of the Honourable Corps of Gentlemen-at-Arms)和王室警卫队长(Captain of the Yeomen of the Guard)职务,但马杰逊未曾担任过上院党鞭。除了他曾是英国陆军第十一轻骑兵队上尉之外,译者未能查到他为何被称为Captain。
④ The Summing Up,毛姆于1938年出版的写作生涯自述。

也就是那些只会说"是"的人。对于那些不服从者,不论他们有什么样的才华,不论国人的意愿,他都不会主动将他们纳入内阁。大战爆发之初,英国明显需要一个联合政府,而他也被明确告知工党领袖们拒绝在他的领导下任职。当时他若是真的富有爱国精神,就该主动放弃权力。然而他却自信满满,继续认为自己能够挑起肩上的重担。结果我们也都知道了——正如我此前所说,只有一场灾难才能迫使他不情不愿地下台。我相信他会在历史上拥有一席地位,既因为他毫无疑问的真挚和正派,也因为他的自傲令他识见不明,令他将党派利益置于国家利益之前,并因自己的无能和固执险些将国家带入毁灭的深渊。

我刚回到伦敦时,一位新的信息部长刚刚上任。前任部长麦克米伦勋爵①是一位杰出的法官,因为来自公众和媒体的敌意批评而辞职。取代他的是约翰·利斯爵士②。这个名字广为人知,因为他曾在BBC担任总裁数年。他来信谈及我的那些文章。我在回信中告诉他法国人不相信自己国家的广播,却很容易认为来自英国的广播信息是真实的。我大胆向他提议说,保持法国人的这份信任相当重要。在我看来,要做到这一点,唯一的办法是坦率面对公众,只用事实说话。我以为自己会因为这些唠叨而遭到冷落,然而约翰·利斯爵士却极为友好地回了信,表示他同意我的看法,并全心愿意采取在他看来不仅正确而且明智的做法。约翰·利斯爵士素来以善于组织协调著称,但也有无情、专横和严苛的名声。他在BBC的下属就曾表达过不满,因为在他们看来他的手段专横,还介入他们的

---

① Hugh Macmillan(1873—1952),苏格兰政治家,在1930年被任命为英国上院常任上诉法官并受封男爵,于1939—1940年间任信息部长。
② John Reith(1889—1971),于1927—1938年间任英国国家广播公司(BBC)第一任总裁。

私生活。看起来,他是能让信息部有序运行的正确人选,因为此前的信息部已经人浮于事,里面的许多家伙既不知道自己该干什么,又爱和那些有赖他们获取新闻的记者争吵。这位部长的实干风格立刻让我耳目一新。我刚到伦敦的第二天,他就定好在中午和我见面。当我走到前台表明身份时,时钟正好敲响十二点,而我同时听见有传话者问我是否到达。钟声刚刚停止,我就被领进了部长办公室。

此前我已经对约翰·利斯爵士有了些了解。此时看来他正深陷烦恼,因为当天他要到下议院就任,首次作为议员和部长在那群可怕的家伙面前发表讲话。他是个精明的人,知道这些人一有机会就会全力攻击他。我不禁想到,如果他原先在BBC的那些下属能看见这位面容粗犷、身材高大、曾让他们瑟瑟发抖的暴君在面临考验时因为恐惧而战栗,他们心里该有多么高兴。我和他谈了话,讨论我的工作如何才能发挥最大作用。随后,因为他需要赶回议会,他叫来一位部门主管,让他负责给我安排任务。

二十

逗留英格兰的三个月期间，我无数次前往信息部。这里和巴黎的信息局一样，既洋溢着热情，也充斥着困惑。部门人员堪称大杂烩。各种人都能在这里谋得一席之地。其中有小说家、律师、艺术专家、广告商、大学教授、书商，还有些我一直没搞清楚拥有何种技能的女性。一部分人来这里找事做，是因为他们愿意为帮助赢得战争做任何事，另一部分人则是因为战争夺走了他们原先的谋生手段。根据我的观察，这里最稀缺的反倒是新闻界人士。新闻记者是天生的反对者。据我看来，正如其他政府部门中所常见的那样，这里也充斥着勾心斗角，每个人都需要绞尽脑汁，才能不让自己的位子被同事抢走。每个人都随时可能被解雇。对保住工作的担忧影响了人们的工作效率。最勤勉的那些人为了证明自己的必要性，大量制造读者一个字不看就会扔进废纸篓的内容。更狡猾的人则发现要想不犯错误，最好的办法就是不干活，于是习惯性地反对任何递交给他们的建议。有一位重要部门的主管就是以这种方式在他的位子上坐了一年多，领走丰厚的薪水。此外，信息部的工作在于向公众发布新闻，然而这项任务也因为军方的阻挠而大受影响。陆军部、海军部和空军中的主事者无法理解公众有权了解情况。他们掩盖消息，拒绝发布照片。结果就是，外国媒体不得不采用德国发布的那些间接信息，尽管它们并不准确。

我的文章引起大量关注。上头决定以平价小册子的形式发行。

这本书一面世就大受欢迎，在我看来这出乎所有人（包括我自己）的意料。首印的四万册在两天内售罄。接下来的一个月内卖出了十万册。与此同时，我还在努力寻找新的任务。信息部的官员们认为我还能派上用场，但是没人知道具体该让我做什么。此时的我就像一条马戏团的狗——我的把戏或许能讨观众喜欢，却跟整套节目格格不入。这样的等待让我有些不耐烦，而我又暂时没有写小说的心情，于是为了打发时间，我开始研究埃德蒙·柏克的写作风格。我读了他的主要著作和关于他的各种传记。他的人格颇不自洽，既有高贵，也有卑琐。那种自大、暴躁和魅力集于一人的状态让我觉得颇为有趣，于是我打算就他和他的著作写一篇深入的文章。然而这项计划对眼下这段时间来说太过庞大，难于着手，于是我先就他对英语语言的掌握写了一篇小文，聊以充数。此时，信息部突然有聪明人想出了主意，觉得我应该就英国再写一批文章，就像我在法国所做的那样。我对这个主意不感兴趣，因为在我看来那在很大程度上只是一种重复。不过我还是愿意接受任何交给我的任务。再说，这项调查任务至少对我个人有些好处——我可以借此机会拜访那些我还不甚了解的国内地区，见到我从未与之打过交道的那一类同胞。必要的第一步是取得各种许可，然而这可不像在法国那么容易。在法国，我的身份是一位杰出的英国作家，理应得到一切帮助。在英国，我只是那些到处打搅别人工作的讨厌作家中的一个。分派给我的第一项任务是就"小舰队"写一篇文章。所谓"小舰队"，指的是那些拖网渔船、扫雷艇、航标灯船和各种小船。它们的船员在英国沿岸从事种种危险却有用的工作。大家觉得我们理应让公众注意到这些人，因为他们日复一日冒着生命危险为国家服务，却不为人所知。我其实有些怕航海，却又是个不错的水手。尽管我觉得自己很可能会害怕,但我也知道自己不会晕船,而且我很期待这次冒险。一切几乎安排妥当,眼看我就能前往港口登上一条拖网渔船,不幸的事发生了。德国人入侵了挪威,让整个局势发生了变化。陆军和海军方面都忙碌起来,再没有空去管一个平民为写文章搜集素材的事。

最终我还是被送往法国,去做更适合我的事,因为我更能胜任这边的事务。我要在法国为一份发行量巨大的画报写更多文章,同时还要就某些政府理应知晓却没有必要告知公众的事发回密报。我与法国许多消息灵通人士相熟,也有条件和更多消息源搭上线,这让我觉得自己至少能合格完成这项有益的工作。我乘飞机回到巴黎,这一次坐的是一架大客机。然而,我刚踏上法国土地一个星期,德国人就入侵了比利时和荷兰。我的计划再次付诸东流。

二十一

我回到家中,期待局势能在几个星期内稳定下来,并打算在那之后返回巴黎开始工作。里维埃拉此时一片宁静,天气也好。我们得到许可,把"莎拉"号开回了滨海自由市,停回它的老泊位。我们不能出海,但是仍然经常下山到船上用午餐。我会在码头尽头游泳。我的花园里有一块长条形的地,一直没派上好用场。此时我觉得正好用它来种球茎花。反正园丁们现在也没什么活干,我就让他们开始忙这件事。在看着他们工作时,我仿佛已经看到那里将会有的绚烂颜色,不禁目眩神迷。昂蒂布有个人卖球茎花。他来到我家和我商讨种植方案。当然,在这一年就别想从荷兰买郁金香了,但他能帮我搞来各种水仙、亚洲郁金香、鸢尾和蓝钟花。我还有许多散在各处的马蹄莲,于是我建议把它们移栽过来。我订了两万个球茎,按计划会在9月到货。

外面都是坏消息,但我觉得没什么好害怕的。我已经亲眼见过法国陆军的状态,知道这些部队是多么威武,也知道他们的军官是多么睿智、勇敢和爱国。色当防线被突破的确令人困惑和失望,但是随着甘莫林被解职,魏刚接过他的位置,我以为一切会回到正轨。身在巴黎的朋友们来信说局势糟糕,但也没有理由恐慌,胜利必定属于法国。信件的投递越来越没有规律,英语报纸要么晚到好几天,要么根本无影无踪。比利时陆军投降了;英国远征军在撤向大海时遭遇了危险,又在敦刻尔克大撤退中丢失了辎重、大炮和各种装备。这一切让我们这些身在南方的人惊心怵目，却还没有摧毁我们的信心。我们相信魏刚，认定他能挽回局势。我第一次隐隐觉得巴黎可能会失守，是收到英国大使馆寄来的一封邮件的时候。信封里装的是各种报纸，一直由他们代为收存。接下来，法国政府便逃往图尔。德国陆军进入了巴黎。再也没有消息从英国或是法国北部传来，但广播还在一直说魏刚正按计划后撤，并会在有利的时刻发起反攻，将入侵者赶出法国。我们也相信这一点。我们先是以为他能在埃纳河站稳脚跟，然后是索姆河，然后是卢瓦尔河。接着政府又逃窜到波尔多。然而我身边的所有人似乎都没怎么惊慌。他们仍然全都相信法国陆军所向无敌。从广播中得知政府正在无休无止地举行内阁会议时，我终于嗅到了一切已经不可挽回的气息。当时我对法国朋友们这样说："我相信法国将会请求停战。"他们全都报以嘲笑。

末日的到来让人猝不及防。雷诺辞职，贝当成为政府首脑。那天早上天气晴朗清新，我们却在广播中听到这位年迈元帅沉重而令人心碎的全国讲话。他向全国宣布法国必须寻求和平。此时的大海一片空寂，蔚蓝无波。泪水从我们眼中涌出，从双颊流下。我走下山坡，来到园丁小屋，把这个可怕的消息告诉他。他和他的妻子正坐在一张铺着格子花油布的小圆桌旁吃早餐。二人面前各有一碗牛奶咖啡和一大块面包。一个盘子里是厚厚一片黄油，另一个里放着些水果。园丁把咖啡碗从身前推开，双手捂着脸哭起来。他的妻子——那个五十四岁、相貌普通的胖女人——放声痛哭，泪水滚滚而下。

"耻辱！"她呜咽着，"耻辱呀！"

园丁抬起头。他的面容因为痛苦而扭曲。

"真是可耻!"他喘息着说。接着他握紧拳头大声咆哮:"他们背叛了我们,出卖了我们!"

约瑟芬心碎地抽泣着。

"可怜的法兰西。"她讷讷而语。

等到他们稍微平静下来,我向他们提出建议。时局如此,我不得不说。我们只知道意大利人随时可能参战。和里维埃拉的所有法国人一样,弗朗索瓦很讨厌意大利人。因为他对我家的意大利女仆和园丁的态度不好,我严厉批评过他两三次。他那张嘴不饶人。他大肆侮辱意大利,还告诉那些园丁:如果他说了算,他要让这一带海岸上的每个意大利人都吃枪子儿。园丁们没说什么,但是我注意到他们脸色阴沉,因此觉得要是意大利军队开进来,他们恐怕对他不会留情。他在山里有个小房子。于是我劝他们夫妇开上他的车到那边去,看看事情会怎样发展。住在村里的下级园丁们当天如常到山上来上班。我就站在一旁,看着他叮嘱他们要在他不在时给苗圃浇水,确保我们一家有蔬菜吃。接着,他把自己打算保住的财物塞进车里,塞得满满当当,然后开车离开。

我还得操心自己。如果意大利人占领了里维埃拉,看起来他们很可能会把英国公民关起来。戈培尔早就在广播里提到过我根据自己在上次大战中的经历写的《英国特工阿申登》。我对事实加以裁剪,尽我所能将之写得戏剧化,以达到创作一部虚构作品的目的。然而德国宣传家们把书中的内容当成未加润色的事实,借此猛烈攻击英国人的间谍手段,也不点名地抨击了我。因此我要是被意大利人抓走,应该会比被落在戈培尔的同胞手里好过些。当然,哪怕是被关在意大利人的拘押营里,好像也不是什么值得高兴和期待的事。我驱车前往位于尼斯的英国领事馆,发现那里正有一大群人焦虑不安地打听消息。总领事先生是个姿态放松、面容亲切的大个子，不怎么容易激动。尽管被人群围在中间，他依然保持着淡定。他用一副懒洋洋的声音慢条斯理地告诉我们：大使馆（此时已经和法国政府一起迁到波尔多）随时可能传来消息，让我们知道他们会用什么办法帮助英国公民离开法国。

我开车回到费拉角，在那里坐等领事馆的消息。一个下午过去了，没有任何音讯。我试着打电话过去，却总是占线。到了五点半钟，满心焦虑的我不想再等下去，于是又返回尼斯。这次领事先生告诉我他刚刚接到大使馆要求所有英国公民撤离的命令。有两艘煤船刚刚在马赛港卸下煤炭，正要前往阿尔及利亚的波纳装载铁矿石。它们被征用起来，现在停泊在戛纳。我们需要在第二天早上八点到达码头，每个人只能带一只手提箱、一张毯子和三天的干粮。意大利人的潜艇正在地中海巡弋。我向领事打听是否会有军舰给我们护航。他回答说但愿能有，但他无法确定。无论如何，这就是我们离开的最后机会。如果英国公民不上船，政府就不再负责。这两艘煤船吨位不足四千，不过有消息说，到了奥兰（我们的第一个目的地）或直布罗陀，海军部就会派一条邮轮来接我们。领事要求我去拜访我家附近的英国公民，向他们传达领事馆的指示。我立即出发了。

有些人并不容易说服。他们不想离开自己的家。其中还有一两个人已在里维埃拉永久定居，早就和英国断了联系，因此不知道自己到了英国之后能去哪里。还有的人因为旅途的危险而畏缩。有些人直截了当地问到底有没有可能安全抵达英国。我不得不回答说我觉得安全的几率不超过百分之五十，同时也指出如果他们留下来，很有可能遭到关押。那时候他们搞不到钱，可能还会遭遇食物短缺。我让他们自己决定冒险是否值得，然后回到家里。在和见到的各种人交谈时,我尽可能客观地介绍情况,但我也知道我多少用了自己的想法(最好是离开)来影响他们的权衡。然而,我本人心里却仍在犹疑。进拘押营是不可接受的。我太老了,吃不了那样的苦。与其在囚犯营里缓慢死去,还不如自我了结。从另一面来说,意大利人允许我住在自己别墅里的可能性也并非完全不存在。使用电话或是和朋友通信肯定不行。我甚至有可能会被软禁在家。战争短期内不会结束(当然,我并不知道外界已经在预测英国将会在几个星期内战败),而我并不觉得自己能忍受那种无所事事三四年的无聊日子。要是生活变成那样,我宁可向这个再无乐趣的世界告别。当天的奔波让我甚觉疲倦。我在自家花园中最后一次散步(如果离开的话,我可能再也见不到这座花园了),问自己上船离开是否真的值得。自从在婆罗洲险些淹死之后,我就对溺水而亡产生了一种不理智的恐惧。之所以说它不理智,是因为当时我为了不沉下去已经耗尽体力,以至于在死亡中憩息反倒成了我最大的愿望。我并没有害怕。我已经活得够长了,几乎所有想做的事都尝试过。在剩下不多的日子里我能期待的,只有力量的缓慢流失,只有获取乐趣的能力渐渐消退。继续努力是否值得?就此谢幕是否更为明智?我无法确定。我在楼上的卧室里放着一小瓶安眠药。我知道它们能带来我想要的解脱。然而,在天平的另一头,我仍有一半的可能渡过难关。我知道如果我死了,会有一两个喜欢我的人为我哀悼。我还有几本书没有写出来。在漫长一生的操劳之后,我还有机会放松下来,生命中第一次纵容自己安享奢侈的闲适而无需受良心责备,所以我也并不想放弃这最后的几年时光。我已经在盛年时吃了那么多苦,而如果淹死,我觉得也就是一两分钟的事。我下定决心:这个险值得一冒。

二十二

我们匆匆用了晚餐,在席间讨论了各种方案。最后我们决定:美国公民杰拉德应该留下来,尽力保住我家里的珍贵物品。尽管我并没有什么值钱的东西,却有不少相伴多年的心爱之物。在我心中,这座房子里几乎每一样东西都触动我的回忆,要么是身在异国的某段快乐时光,要么是我的青春(时间的流逝已经让它有了一层浪漫的光环),要么是获得它时的奇妙遭遇。有些家具和艺术品是我不舍得离开的,但它们太过笨重,无法搬走。再说了,尽管我舍不得,它们却不是什么不可替代之物。另一方面,我还收藏了一批一旦散失就再也无法重制的画。从十八世纪末到十九世纪初,英国有一种为受到喜爱的演员绘制肖像的风潮,而且这些肖像往往以他们所演戏剧中的场面为背景。创作这种肖像的画家很多,其中最重要的一位是祖籍威尼斯的佐法尼①和荷兰人德维尔德②。我在三十多年前买了一幅,因为我本人是剧作家,而那幅画又是那么赏心悦目。从那以后我便开始搜集这种画,尽管起初并非故意。当时这些画还没什么人关注,所以一幅通常只用花一镑或是三十先令。有一幅画是佐法尼最好的剧场作品,在关于他的经典研究著作中也有提及,我买下来花了十九镑。这幅画曾经属于亨利·欧文③,在莱瑟姆剧院后台挂了许多年。尽管手中这种画渐渐越积越多,我在市场上还是一见到就买。最后我有了差不多四十幅油画和同样多的水彩画。伦敦加里克俱乐部的收藏自然是精品,但我的收藏在私人藏家中也算是首屈一指。要保住这么多画,光是想想就知道不可能。不过我从中选出大约十多幅最好的,让杰拉德把它们存放在安全的地方。

为了此前某篇中提到的那部文集,我已经花了不少功夫。就此丢开手的想法令我难以接受,然而它的块头太大,没法随身带走。对文集本身我并不在意,因为编纂工作虽然烦冗,总是可以重新来过。另一方面,如果弄丢我的印度之旅笔记,我可再没机会按原计划把自己的经历写成一本小书了。我还有些笔记本,上面有我从十八岁起零零散散留下的记录。在这之前,我曾经利用几个星期的闲暇从这些笔记中挑选出一部分在我看来读者可能会感兴趣的内容,并将之精简成两本厚厚的打印稿,以期将来可以出版。随后我便将笔记本销毁。如果打印稿遗失,我就再也无法重写这本书。杰拉德许诺说他可以把稿子和我的印度笔记都带到船上去——我们觉得美国国旗也许能起点保护作用。我并不知道美国领事馆已经从国务院接到指示:若有美国人财产遭到洗劫或损毁,他们不得干预。

为了取来这些文件,我不得不到楼上书房去。我怀着沉重的心情,最后一次望向那张书桌。多年来,它见证了我无数个小时的快乐。我最后一次望向我在塔希提岛丛林中的土著小屋里买到的高更画作,最后一次望向排列在书房长侧墙边的书架。那上面的书册挤得满满当当。它们的默然似乎是对我的责备,因为我要抛弃它们。

---

① John Zoffany(1733—1810),德国新古典主义画家,生涯主要活跃于英国、意大利和印度,是英国皇家艺术学院的创始成员之一。
② Samuel De Wilde(1751—1832),英国肖像画家,和佐法尼一样以剧场肖像画闻名。
③ Henry Irving(1838—1905),原名John Henry Brodribb,英国历史上最著名的戏剧演员之一,也是第一个获封骑士的演员。

我还得挑点东西在路上读。一时间,我竟不知道从何选起。行李空间十分有限。最后我选了柏拉图的《苏格拉底的审判与死亡》①、萨克雷的《艾斯蒙》②和夏洛蒂·勃朗特的《维莱特》③。两本小说都足够长,要读很长时间,而且我都已经很多年没读了。

我的书房位于顶楼。我从房中走出,锁上门,最后一次望向下方幽光粼粼的地中海,然后走下楼梯,到卧室去准备行李。我只能带一个旅行袋,所以很难决定装些什么。在我看来内衣哪里都能买,但外套必须定制,需要时间。因此我只带了足敷旅途使用的内衣,剩下的空间都用来装外套。有一件漂亮的新燕尾服是最近才做的。把它留在这里让我有些心疼,但我觉得自己恐怕再也没有机会穿得那么齐整了。那套晚礼服让我颇为踌躇,不过最后我还是决定把它放进去。我又从床上扯下一张床单和一个枕头。然后我走进厨房,看我的三天干粮准备得如何,却看见厨师和热情的尼娜哭得不成样子。我要走的决定太过突然,因此家里并没有什么能派上用场的食品。最后我们还是找到三四罐腌牛肉和半打沙丁鱼罐头。此前我受命拜访的人中有一位年老的英国医生。他已经退休,和他妻子同住在圣让村的一所小房子里。我去找他时,他告诉我说人光靠糖就能活很久。因此我又往篮子里放了三盒两磅装的冰糖。其他东西还有一磅茶叶、几包通心粉、一罐柑橘酱和一条面包。杰拉德问我要不要带一瓶杜松子酒或是威士忌。我说不需要,但是我又知道什么呢?没人想起来我应该带上开罐器、盘子、刀叉、酒杯、茶

---

① *The Trial and Death of Socrates*,二战前的同名书籍已经很多,多为柏拉图各篇对话录中的相关内容编辑而成,无法确认具体是哪一本。
② *The History of Henry Esmond*,萨克雷的历史小说,最初出版于1852年,讲述英国安妮女王时代的上校亨利·艾斯蒙的早年生活。
③ *Villette*,夏洛蒂·勃朗特生前出版的最后一部小说,讲述英国女孩露西·斯诺在虚构的比利时法语城市维莱特的经历。

杯或是毛巾。所以虽然篮子装满了，可这些必需品里面一样也没有。

我准备好离开了。先前我就想好：当晚应该赶到戛纳，以备警察第二天早上突然想起来封锁道路，何况我也不想在这座房子里过一个凄凉的夜晚。这次出行几乎没什么准备，以至于我的腊肠犬厄尔达根本没注意有什么不寻常的事正在发生。当天傍晚它大部分时间都在花园里追逐野猫。我给他们留下吩咐：如果这座房子不得不被遗弃，就要把厄尔达杀掉。说出这话时我喉咙有些哽咽。车上没有人说话。我很难过。每隔几英里就会有人冲我们晃动手电筒，然后我们就得停下来让公路岗哨的士兵查验证件。其中一次停车时，一名军士问我们能不能带走一名英国女子。她第二天一早要上船，却没有办法赶到戛纳去。我们自然表示乐意。于是一个背着双肩包、带着一条寻回犬的姑娘上了车。我递给她一支烟，在擦燃火柴点烟时打量了她一眼。这是一名健壮的年轻女子，面容还算漂亮，没戴帽子，有一头有些凌乱的好头发。她表情沮丧，看上去有些惊惶。她父亲是英国人，已经去世；母亲是荷兰人，留在了她们位于卡涅的小房子。她一个小时之前才听说英国公民要离开这里。我告诉她：我不认为官方会允许她带狗上船。

"没有他我就不走。"她闷闷地说。

我问她为什么要走。她说她已经和一个年轻的荷兰人订了婚，要是留下来的话，可能好几年都见不到他，不过她也不知道他现在在哪里。她有去爪哇的打算，因为在那边她还有些亲友。快到戛纳时，我问她要住哪家酒店。她说她考虑在海滩上过夜。我觉得她大概是没有住酒店的钱，于是问了一句。她大为恼怒：

"够了。让我在前面随便什么地方下车。"

到达之后,她一句"晚安"都没说就下了车,蹒跚着走入停电造成的黑暗。后来在船上我又见到她。她还是设法把狗带上了船。一名军官因此把自己的舱室让给了她。她穿一件连衣裙,在甲板上来回走动,愁容满面,阴沉不快。她没带吃的,靠别人分给她;她一个子儿也没有,但是也有人塞给她钱。她接过钱时只会怒冲冲地耸耸肩。有人告诉她:到英国之后,她的狗需要隔离,而她要为此每个星期付十个先令。

"我哪里付得起一个星期十先令?"她厉声说道。

好心肠的女士们联合起来,凑出足够的寄养费给她。她收下这笔馈赠,却心怀怨忿。我从未见过有哪个姑娘能这样不知感激,只靠一个悲惨故事就混得这么好。

我走进卡尔顿酒店时感觉有些异样。这是戛纳最热门的酒店,此时灯火通明,熙熙攘攘。人们穿着晚礼服,有些已经小有醉意。人群中弥漫着一种亢奋的、歇斯底里的快乐气氛,看上去有些可怖。这里哪个国家的人都有。有的人决定留下,有的人急着尽早离开。不着边际的流言四处传播。据他们说,德国人距离这里只有两天路程。第二天一早我便赶往码头。那两艘接我们的煤船正停在浅水港外。

二十三

码头上早就挤满了人,而且人数还在随着时间增长。等到我们上船时,船上已经有一千三百人。里维埃拉不只是个让隐姓埋名的人晒太阳的地方。然而那些照片出现在画报上、故事出现在八卦作者笔下的人物今年没有来——就算来了,也早就逃往安全地区。各个阶层的人此刻都挤在等待通关的人群中。然而即便在如此危急的时刻,法国人仍然不肯放松海关规定。我们都得经过往常那个身穿背带裤的大块头女人的检查——她负责用粉笔给我们少得可怜的行李做标记。我们中间还有病人,有的病得很重,是被人直接从医院送过来的,只能躺在担架上。这些可怜人还得被送回去,因为他们上不了船,更不可能在船上得到照料。不知道等待他们的将是什么样的命运。这里也有许多老人、退伍军人、印度平民,还有他们的家眷。这些人在为国服务多年之后,选择以里维埃拉为家,因为这里气候温和,物价也低。还有很多人原本在这里从事商业贸易,比其他人更值得同情,因为他们要抛下兴旺的店铺或是有利可图的生意。留在身后的,是他们半辈子的辛劳成果;前方是英国,在那里他们一无所有。人群中有年老的家庭女教师、英语教师、司机、管家,甚至还有一批被派遣来为法国政府提供工程服务的年轻工人。后者的工头拒绝离开,因为只需要再多几天就能完成项目。如果功亏一篑的话,他将无法原谅自己。

挤上船花了我四个小时。还有很多人一直等到下午才上来。

有个可怜女人在等待时死于中暑。我们搭乘的这两条船，一条是"索尔特盖特"号，一条是"阿什克列斯特"号。前者排水量四千吨出头，后者还不到四千吨。船员们已经打扫了好几天，但铁甲板上和孔洞缝隙里仍然积着厚厚的煤灰。我被告知前往第一道舱门。在抵达直布罗陀之前，门下方的舱室就是我的宿舍。我们在傍晚起航，第二天抵达马赛。当晚我先是睡在甲板上，但一到凌晨，那里就变得太冷，于是我又转移到舱室里。铁甲板不是一般的硬。我把大衣垫在毯子下面也没起到什么作用。如果我侧卧入睡，总会因为另一侧髋部的酸痛而醒来。之后我改成仰卧，然而那样一来就根本睡不着。同一个舱室住了七十八个人，靠一架梯子进出。这让我忍不住想象：万一出了什么事故，大概没几个人能逃出去。我搭乘的是"索尔特盖特"号，船上载了五百名逃难者。它的姊妹船"阿什克列斯特"号上则有八百人。到达马赛后，我们收到法国政府的指示加入一支法国护航船队。我们被禁止上岸，在船上等了一整天，然后才出发前往奥兰。

这种境况对我们中大多数人来说都太不寻常，因此我们直到第二天甚至第三天才适应。有一位夫人一上船便吩咐一名船副说她当然需要住头等舱。另一位则招来船上仅有的一名乘务员，让他带她去游乐室。

"尊敬的夫人，整条船都是游乐室。"他这样回答。

第三位夫人发现我们的饮用水都来自船上的水泵，惊恐地表示她这辈子从来没直接喝过自来水。话说回来，这几位只是特例。大多数人都努力适应环境，尽量想办法在这种极端艰苦的条件下过得舒服一些。刚开始船上秩序有些混乱，但毕竟我们都是无趣的英国人，最讲究实用主义，所以很快就解决了问题。每个舱室都选出一名室长，负责监视舱室的卫生状况，并确保入夜后无人在舱内吸烟。船上淡水紧缺，只能在指定时间打水。用于盥洗的水几乎没有。有的只是大概五十人乃至一百人用过的肥皂水，需要相当坚强的神经才能忍受。然而我们别无办法——手上、脸上和衣服上都是煤灰，所以不管水多脏都得洗。大多数男士还是设法坚持刮胡子，而女士们至少用各种油膏或是乳液保持着面部清洁——不知道为什么，她们似乎总有用不完的存货。洗手就没办法解决了，只能任由它被尘土染成灰黑色。穿干净衬衣也不是个好主意，因为用不了几个小时，它就会变得像是穿了一个星期。于是你会放弃这种无谓的努力，直接把衬衣穿上一个星期。就这样脏着吧。

有的逃难者身无分文，连买食物的钱都没有。还有些人没有收到自带食物的通知。因此我们这些自带干粮的乘客便被告知不要去船上的商店购物。然而这趟航程比我们预想的要长，没有谁带够了食物。三天之后，我们便开始排队领取配额食品。这样一来，我们几乎一天到晚都在排队。在炽热的阳光下排队已经足够艰难，而铁甲板让炎热变得更加难以忍受。接下来，食品供应也开始缩减。到了最后，我们每天的午餐和晚餐配额只剩下一小片腌牛肉、四片甜饼干或是几块姜饼。鉴于你需要站差不多一个小时才能得到它们，这点分量可不怎么够。人人都开始饿肚子。有一天我听见一位夫人深有感触地说：

"我这辈子再也不会接受减肥治疗了。"

女士们排队的画面堪称古怪：她们手指上戴着戒指，脖子上还有珍珠项链，然而个个都用脏手捏着盘子或是空罐头。她们戴首饰是因为不得已，因为没有别的地方存放它们。人人都需要空瓶子，用来装配给的水或茶。空果酱瓶更是成了宝贝——你可以用它当杯子，也可以用它装吃的。我学会了用桶底剩下的一品脱水来完成盥洗，而且洗得相当不错。问题在于我只有一条毛巾，那还是一位好心的夫人借给我的。一个星期之后，它就变得和帽子一样黑了。

此前我提到过我在海岸上有一位邻居是个退休医生。他也和我上了同一条船。我们知道意大利人在海上部署了不少潜艇，也没有傻到觉得他们即使有机会也不忍心朝我们发射鱼雷。不论白天晚上，我们都在瞭望台上安排一人值班。此外我们船上还有一门炮，配有炮手。炮手是个乐哈哈的家伙，一心盼着朝敌军潜艇开火。船上的小艇是按正常足额的船员人数配备的，也就是够三十八人使用。除此之外既没有救生筏，也没有救生衣。显然，如果我们被击中，这五百人里几乎都要葬身水底。我已经想好了，不准备为救自己的命白费力气。于是我向这位医生朋友打听什么样的死法最快。

"别挣扎，"他回答说，"张开嘴。灌进喉咙的水能在一分钟内让你失去知觉。"

我就打算这么做——不论什么痛苦，忍上一分钟我总还可以。航程的前三天我们什么都没看见，只有成群鼠海豚偶尔出现在视野中。然后我们就收到了发现潜艇的信号。一艘护航的驱逐舰投下了深水炸弹。乘客纷纷挤到船舷边，看上去更多是在好奇而非恐惧。一切结束之后，我看到一位女士从身边经过，手里拿着一小把湿衣服。于是我问她怎么回事。

"哈哈，"她高兴地回答我，"我趁着这场热闹弄了点水，把脏内衣洗了。"

驱逐舰在周围巡逻了一个小时，然而潜艇再没出现。我们的姊妹船"阿什克列斯特"号就没那么幸运，引擎出了问题，只能返回某个法国港口。它在那里获得了补给，但是等到修好引擎再次出发的时候，就没有军舰护航了。"阿什克列斯特"号在途中与一艘意大利潜艇近距离相遇，然而当时它正位于西班牙海域，因此船长不允许炮手开火。潜艇的指挥官没有这样的自律，发射了鱼雷。船上的炮手随后开火还击。潜艇消失不见。乘客们被勒令躲进船舱。当"阿什克列斯特"号发射烟幕弹时，烟雾灌进船舱，让他们以为船着了火。不过人人都保持了平静。

二十四

航行的日子漫长得似乎没有尽头，船上的日子也越来越艰难。一天早餐，一个司机突然开始语无伦次地叫喊，看上去像是要跳海自杀。他面色发青，眼神疯狂。两三个男人上去抓住他，把他送进一位船副的舱室，由志愿者轮流看守。同一天下午，我又看见一位我还算认识的女士表现得极为焦虑不安。我尝试让她平静下来。她开始全身战栗，惊慌地望向天空，仿佛在寻找敌机。随后她发出一声尖叫，倒在铁甲板上。一共有四个人失去理智。其中一名四五十岁的男子还是退伍军官。照我看来，他发癫是因为突然被迫断了酒。这个人倒是没什么危险，通常只会穿着他不知从哪弄来的古怪衣服走来走去。有一天，他用纸片做成各种花样贴在自己胸口上，拎着一束卷起来的遮阳布当做手杖，假装自己在检阅部队。他走到舷墙边，把那里的人群吓了一跳，然后开口说道：

"你们的纽扣擦得不亮。真不像话。"

然后他转过身，朝他想象中跟在身后的一名军官大声咆哮，问对方为何没有让手下整肃好仪容。有一次，他披着毯子，把自己当成一名傲立城头的阿拉伯酋长。他扫视沙漠，观察袭来的敌人部落，然后夸张地喊道："让他们一起上。"还有一次，他变成了贵妇们的跟班。每当有女士从甲板上站起来换座位，他就会坚持要替她拿织活儿。在她再次坐下时，他还会用老派的礼节为她摆好垫子。整条船上最开心的人可能就是他，因为他活在幻觉中。我们抵达直布罗陀那一天对他来说是个悲伤的日子,因为他终于得到了一瓶威士忌。一旦恢复仅有的一点儿神智,他就重新回到灰暗的现实世界。

话说回来,整条船上最古怪的人反倒是下面这一位。如果有人说他有什么不正常的话,他一定会大为惊讶。此人是我在费拉角的一位邻居的管家——他的主人在我的劝说下跟我一起上了船。他是个一头灰发的高个子,脸型瘦长,仪容相当庄重,举手投足间既殷切又有距离感。因为我和他的女主人相熟,他便觉得应该像我在她家作客时那样招待我。每天天亮时,他会给我端来一杯茶。他还会掸拭我的脏衣服,擦亮我的鞋——尽管我觉得毫无必要。虽然我们坐在铁甲板上吃饭,他还是用晚宴上的礼节在旁服侍。任何事情都不能让他分心。就在我此前不久提到的险情发生的那个下午,当他的女主人正和我一起站在船舷边试图寻找潜望镜时,他走向她,开口说道:

"夫人,您现在用茶吗?还是要等到这出热闹平息下来?"

他的衣服和我们的一样变脏,他的指甲缝也变成了黑色,可他仍然保持着一种整洁的神气。我曾经尝试让他讲讲对眼下这一切的想法,可他很明白自己的身份,不愿向我袒露心迹。

"这些人可真好笑,先生,"这就是我能从他嘴里撬出来的话,"跟我们平时见惯的人不是一类。"

我不知道他在哪睡觉。当我问及此事,又问他是不是有足够的东西吃时,他用他那种礼貌的方式暗示我:这不关我的事。

"我没什么可抱怨的,先生。"

每天晚上我们睡着之后,都有一半的可能葬身海底,但我却不知道他是否意识到了这一点。一切都和井井有条的家中完全不同,可是他从来没有只言片语甚至一点表情变化流露出这种变化。直到最后一天，他都保持着平和镇定，保持着文明而不卑不亢的举止，殷切而温和，庄重而又略带讥讽。

船上还有一位八十多岁的老年女士。她不想离开自己唯一的家，却被和她住在一起的女儿和女婿说服。她的身体并不适于旅行，送她上船是残忍的选择。很明显，她的女儿和女婿将此视为永远摆脱她的天赐良机。惊吓和疲惫把她压垮了。她变得伤感，常常颤抖着手指摆弄她那头稀薄的白发，一摆弄就是好几个小时。后来，人人都能看出她就要死去。船上的医院只有三张病床，里面住着一名因为小儿麻痹症而残疾的年轻人——他没办法在梯子上爬上爬下进出舱室。就在出发前一两天，他刚刚娶了自己曾经的护士为妻，那是一名能干、善良而又清秀的年轻女子。病中的老太太也被送进这所小医院，由这对年轻夫妇照料。我想象不出还有比这更让人难过的蜜月。在老太太卧床等死时，他们就和她同居一室。船员们用麻袋布给她做了一张裹尸布。葬礼在午夜举行。一名教士为她致了悼词，而主要的悼客就是这对新婚夫妇。在遗体被抛出船舷时，整个船队停航了一分钟。你或许以为这是出于对死者的尊重，然而事实并非如此。现在的我们可没有空哀悼，停船只是因为担心那具可怜的遗体会弄脏螺旋桨。

出海五天之后，我们得到通知说要在阿尔及利亚的奥兰上岸，在那里等候来自直布罗陀的指示。我们盼着他们能派一条更合适的船来接我们。"索尔特盖特"号的船长很不愿意继续服务。乘客们个个精疲力尽，有的老人更是奄奄一息，看起来已经无法在这场考验中坚持下去。那位年迈寡妇刚刚被搬下医院的病床，另一个因患癌症而弥留的老太太就躺了上去。她个头很小，面容清晰。躺在那里时她一言不发，没有抱怨，唯一的愿望就是死在英国。

船上的状况相当凄惨。食物不像样,也不够吃。船上的厕所只够三十八名船员使用,却要满足五百多名乘客的需求。

一想到这场磨难很快就要结束,我们的情绪高涨起来。然而,抵达港口时这种情绪便沉了下去,因为我们被告知不得上岸。法国投降的消息在当天早上传来。官方随时都可能收到扣押船只乃至逃难者的指示。这是焦灼的时刻。船长一会儿和尼斯那位负责我们的副领事通话,一会儿又和法方官员通话,有时候甚至会争吵起来。白天就在这样的通话中过去了。最后,船长设法用自己的无线电联系上了直布罗陀方面,并接到命令:尽可能补给食物,然后立刻继续前进。不幸的是当天正是星期天,大多数商店都关门。不过船长和船上杂货店的管理员乘上出租车到处跑了一圈,买来五百磅面包,还有他能弄到的所有水果、火柴和香烟。这些都是我们急需的东西。当晚正好有一支法国护航队要出发前往直布罗陀。我们加入其中,在星期二早晨到达目的地。

磨难似乎到此为止。

我们已经想好了,要先找家旅店休息,洗个澡,吃一顿像样的饭。人人都恨不得早早告别这条船。然而我们又被告知谁都不许上岸。许多人当场崩溃。光是看到他们的沮丧就让人心里难过。女人开始抽泣。怎么能这样对待我们?我们吃不饱,睡不好,整整一个星期忍受各种不适。我猜几乎每个人入睡前都会想象这条船会不会在黎明前被鱼雷击沉。然而,让我们难以继续承受的不是条件艰苦,不是缺少食物和睡眠,也不是危险,而是污秽。我们又脏又臭,这是让人最无法忍耐的。新的指示残忍而令人失望。一名海军军官上了船,对我们讲了一番话。他解释说:鉴于已有数以千计的逃难者登岸,直布罗陀装不下更多人;第五纵队的破坏活动也是一种风险；此外直布罗陀的大部分平民已经撤离，此地已变成一座要塞；最后，政府将尽一切努力满足我们的生活必需，但在没有更好的办法之前我们只能尽量忍耐。最糟糕的是，我们只能继续乘这条船返回英国。好在，船长和副领事先生最终被允许上岸，向主管者陈述我们的悲惨处境。最后的解决方案是：孩子、病人和七十岁以上的人可以下船。这样一来船上就只剩两百八十人。我们遵照指示，准备努力适应这个实在谈不上好的安排。就在这时候，我们终于有了一点好运气。新的命令传来，允许我们五十人一组轮流上岸修整，每次几个小时。我们利用这机会沐浴（我相信这会是船上每个人这辈子洗得最享受的一次澡），购买食物、各种毯子褥子、盥洗桶、酒水和烟草。船上也对盥洗条件做了改善，以满足更多人的需求。此外船上还补充了物资储备。救生筏也被组装起来。

我们在直布罗陀停留了三天。作为最后一批上岸者之一，我发现全部褥子都卖光了。不过我还是买了一条被子作为代替。我又买了沙丁鱼罐头、饼干、让腌牛肉变得可口一些的蘸酱、水果罐头、几瓶威士忌和一瓶罗姆酒。船上现在变得宽敞些了。我得以从原先的船舱搬出来，在前甲板底下的水手长储物室搭了一张床。这里是贮存食品的地方，气味不怎么好闻。不过我在这里找到几块木板。我把它们并排放在三个筐子上当床来用。在睡过铁甲板之后，这样的床可舒服多了。我的同伴是个巧手的澳大利亚人。他把一个空果酱罐改造成一只桶，早上用它来盥洗，中午用来盛汤。离开直布罗陀之后，汤就成了我们的主食。我们搞到一把扫帚，而澳大利亚人又把一个饼干罐盖子改造成畚箕。这样一来我们就能把这间拥挤的小屋打扫得稍微干净些。我的旅程后半段过得还算不错，全要感谢这位同伴。他是个瘦瘦的小个子，有一张皱巴巴的尖脸，眼睛长得很好。他在上次大战中是一名军官,不过在战前和战后做过各种不同的事,当过流浪汉、服务员、剪羊毛工、技师和记者。他存了一笔钱(我也不知道他如何办到的),在尼斯后面的山区买下一件小屋,打算在那里度过余生。他自称五十岁,不过照我看来远远不止。回到英国之后,他就要靠身上的五镑钱重新开始。他什么都能干,每根木头、每块麻布片、每段绳子,他都能派上用场。这个人心肠好得不得了。我们的小小舱室连门都没有,但他用麻布片做了张帘子来挡风——随着船行向北,早上的风可是相当冷的。有一天,我在黎明时醒来,发现他把自己的毯子盖在了我身上,而他自己正平躺着吸烟,因为天气太冷他睡不着。

二十五

我们的船队由一条驱逐舰和一条反潜炮舰护送。我被视为有头脑的人,因此能在他们发现潜艇或是有空袭风险时得到通知。我还被告知:如果我们的发动机能坚持到最后,那会是个奇迹,而如果发动机坏掉,我们就要脱离护航队。我得到的指示是这些消息只能我自己知道,不能向外透露。然而说老实话,我自己也不想听到这样的消息。除开这一点,我的日子过得还算不错。

每天的早餐是一片陈面包配柑橘酱,外加一杯茶。早餐后我会一边抽烟斗一边阅读。多年来我已经习惯了用严肃读物来开启每一天,并且看不出有什么理由需要打断这个习惯。因此,从登上"索尔特盖特"号的第一天开始,我每天都会花上一个小时左右阅读柏拉图。我以前就经常阅读柏拉图对话录中讲述苏格拉底的审判与死亡的内容,但没有哪一次像这次一样感受到它们的动人。我们身处的环境和面临的危险让这些对话录呈现出不同寻常的意义。到了下午,我会读读小说,玩玩接龙。我已经四十年没读过《艾斯蒙》了,把它的故事忘得干干净净。我一直觉得它是一本冰冷而沉闷的书,也不知道是哪里来的印象,但这一次的感觉并非如此。现在我认为它写得很好,颇有趣味。书中表现了精神的高贵和骑士般的勇毅,在我看来正适合眼下阅读。《维莱特》则自有一种天真与迷人,也让我读得开心。这本书的情节或许过度依赖巧合,但是同一时期里这种情况十分普遍,我早已习惯。书中的浪漫故事有一种华丽轻柔的气息,很对我的胃口。女校长和暴躁的小个子教授的表现或许略过荒诞,但这不妨碍他们人物形象的精彩鲜活。每天七点的晚餐过后,只要有人愿意听,我就会讲故事。起初我讲的都是我存储在头脑中并打算有朝一日写出来的故事。等到这些讲完之后,我就只能拿自己的生平经历来讲。其中有一个故事让大家觉得颇为有趣,比我自己所感觉的还要有趣。我在这里把它讲出来,不是因为故事本身,而是想要表现人们那种满不在乎的豁达态度。要知道,他们可是冒着海面上随时可能有潜艇冒出来,随时能把他们送进无情的海水中徒劳挣命的风险。

有一年夏天,我在慕尼黑参加瓦格纳音乐节。我曾在伦敦见过几面的一位年轻女士与我下榻于同一家旅馆,名叫格拉蒂丝。她是个很体面的年轻人,因此当我见到她的同伴时,我有些吃惊。跟她在一起的是两名打扮招摇的男子和一名更加招摇的女子。我跟她并不熟,也不是特别喜欢她,因此在看到她和朋友在一起的时候,我只是远远地点头致意。一个小时之后,我吃惊地发现她让人送来一张便签,邀请我去大堂见面。我下去之后,她才告诉我她遇上了麻烦。她加入这些人时跟他们都不是太熟。当他们一起从伦敦来到慕尼黑之后,她才发现那名女子与其中一名男子关系暧昧,而这些人要求她跟另一名男子作伴。这名男子还把这种关系应该是什么样讲得清清楚楚。她表示了拒绝,这些人便全都开始恶意针对她,质问她到底为什么要跟来。我只见过她这些同伴一眼,不过已经足够让我知道他们提出这种问题并不奇怪。我建议她离开这些人。她说自己现在是他们的客人,而且在与母亲会合前也无处可去。她母亲将在五天后到达巴登-巴登,而她身上的钱只够付去那里的旅费。

"但是你难道以为,"我问她,"这些和你谈不上认识的人愿意为你付旅费和店钱,只是因为和你聊天很愉快吗?"

"难道不是吗?"她回答道,"人人都说我是个很好的聊天伙伴。"

我打量着她,没有说话。如果除了讥讽之外想不出别的可说,这么做总是没错的。

"我现在有麻烦了,"她继续说下去,"那些男人对我无礼,而艾米只会说我是个恶心的假正经,专门扫别人的兴。"

她开始咬手绢。我觉得她快哭了。

"我不知道能怎么帮你。需要我跟他们谈谈吗?"

我并不喜欢这个主意,不过我也想不出别的。

"那没什么用。他们已经恨上我了。我走投无路了。"

"那你需要我做什么?"

"这几天我能跟你作伴吗?"

她几乎把我吓了一跳。我还有事要办,而且我原本期待的是独自享受这次小小假期。至于她觉得跟我一起就会安全,听起来也不是多么让人受用。

"那样你就帮了我一个大忙,"她接着说,"我不会再有麻烦,而且我们俩可以相处得很好。"

"那当然。"我说。

当天下午,我俩在英国园里散了一圈步。当时我正是一个成功的剧作家,于是格拉蒂丝跟我滔滔不绝地谈论戏剧手法,几乎像是在做讲座。我帮她弄了一张歌剧票。每逢幕间,她就会大谈瓦格纳的美学理论,还为我详细解释他如何通过对音乐母题的运用来表现角色。第二天没有歌剧表演,于是我们一同出门郊游。上午她对我不厌其详地讲了一遍巴伐利亚历史,下午又教导我应该如何创作小说——为了佐证她的观点,她对托尔斯泰、屠格涅夫和陀思妥耶夫斯基各自的长处都加以细致分析。另一天上午我们一起去画廊。她用浅白却空泛的语言指出伦勃朗是比穆立罗更杰出的画家,又告诉我应该如何欣赏阿尔布雷希特·丢勒的作品。我总算明白为什么别人说她是个好聊伴了。

我们午餐晚餐都在一起,而她永远不会缺少话题。我们也曾有一两次遇见她的朋友艾米和那两名男伴。他们总会用怨恨的眼光看我。这在我看来有些过分,因为我其实是在让他们玩得更好。最后,我总算在火车站送走了格拉蒂丝。

"你对我太好了,"她说,"你救了我的命。"

我精疲力尽地走回了旅馆,心中打定主意再也不要当什么救美英雄。我也的确做到了这一点。

二十六

谢天谢地，我们终于抵达了美好的英国海岸。在这条船上煎熬了二十天，我们甚至连衣服都没脱过。除开少数例外，这群逃难者从头到尾都表现得镇定而勇敢。阶层差异在船上很快就泯然不见，因为每个人都变得一样脏。即使这样的条件也无法让某些人忘记他们的自私。比如说在领取食物时有人会重复排队，以求在我们可怜巴巴的口粮里得到双份。在抵达奥兰时，以为可以离船的我们为船员发起了一场募捐。当不能下船的消息传来时，有一位女士走向乘务员，向他索要当晚的双份晚餐。

"恐怕我不能那样做，太太。"乘务员回答她。

"我觉得你应该给我，知道吗？"她愤愤地说，"上午他们传递帽子的时候，我可往里面放了一百法郎。"

"我很抱歉，太太。但我也不愿意看到您觉得出钱感谢了我们却得不到回报。"他从兜里掏出一张钞票递给她，"我还给您一百法郎，请收下。"

不过像这样的人总是少数。大多数人都表现出惊人的无私，随时准备互相帮助。女士们会把昂贵的面霜分给用完的同伴。我们共用毛巾、肥皂和其他一切不得不分享的东西。在我看来，自私的人变得愈发自私，而无私的人变得更加无私。还有一点我不得不说，那就是自私者暂时占到了便宜。在结束这段讲述之前，我还应该向以下的人们致以谢意：日夜操劳只为让我们过得稍微舒服一点的船员；把自己的舱室让给老弱的军官；当然还有船长斯塔布斯先生——没有他的勇气、技术和坚毅，我们就不能平安回家。

二十七

能再次回到英国真好。我来到伦敦,在多切斯特酒店订了一个房间。这时的我又脏又累。有地方洗澡,能换上干净衣服,吃得像样,还有床可以睡,我很满意。让我略微惊讶的是,我的朋友们一直为我担忧着。这段时间我无法告知他们我的去向。已经有传言说我被德国人抓走了。人人似乎都想知道我是怎么逃出来的,于是我在电台广播里做了讲述。然后我便被那些在法国有亲友的人们寄来的信件淹没了——他们都想打听亲友的消息。其中有些信写得很令人同情,而我却说不出任何能减轻他们的痛苦的话,这让我难过。

回到英国之后,让我吃惊的第一件事就是人群中普遍的乐观主义。在踏上"索尔特盖特"号的甲板时,我也曾注意到一点这样的迹象。船员们是一群朴实的格拉斯哥男孩。因为煤灰的缘故,他们的面孔和他们的脏衣服一样黑,口音非常重,让英格兰人很难听懂。他们自愿帮助我们,待人和气,而且永远情绪高昂。从战争开始那一天起,他们就一直在危机四伏的海上航行。他们害怕德国佬的炸弹和鱼雷吗?当然不怕。这种信心是有传染性的。如果你问他们中的一个怎么看待法国的遭遇,他总会乐呵呵地回答你,仿佛不知忧虑:

"怕什么?我们自己就能对付德国佬。"

船到利物浦时,无论是上船的官员、替我们扛行李的搬运工、街上的路人,还是餐厅里的侍者,都让你感觉到同样的自信情绪。至于对德国人入侵的担心,一点儿也不存在。

"我们能把他们打个稀烂。当然,可能要花点时间,不过那不打紧。我们熬得住。"

同样的情绪,我在伦敦也看得见,在乡村里也看得见——此时农田里的玉米正在变得金黄,而树上的苹果已经压弯树枝。法国的溃败自然令人痛苦,而且希特勒已经宣布他将在8月15日在伦敦签订和约,然而可以确定无疑的是,英国人民并未丧气。事实上,可以说此时的英国与几个星期前我离开时的英国完全不同。它变得更坚定,更积极,也更愤怒。温斯顿·丘吉尔以他的坚定决绝将整个国家鼓舞起来。再也没有犹疑的空间。我和许多人有过谈话,从列兵到将军,从农场雇工到地主,从穷女人到阔太太,从办事员到金融家。每一次我都看见一种对严峻局势的共同体认,对坚持斗争直到胜利的共同信念,还有对不惜代价达成目标的共同决心。英国人终于意识到,这是一场生存之战。为了保卫自由,需要他们做出任何牺牲他们都会同意。眼前的黑暗无法禁锢他们的勇气。

唯一没有改变态度的,是外交部的官员们。我有时能在宴会上见到他们,而他们在谈论时局时那种随意而嘲讽的语气总是让我吃惊。他们会让你觉得战争就像棋局——如果敌人的一步棋威胁到你的王后,当然你得阻挡它,但同时你也得佩服对手策略巧妙;哪怕最终被他击败,那不过是一盘棋而已,不管多么有趣,都不会波及太多;或许下一次就轮到你击败他。在我看来,这些人的生活完全与普通人的利益隔绝,以至于他们无法认真对待任何严肃的事。我希望在战争结束以后,外交部门与领事部门能够整合为一体,让这些先生在成为使馆随员或是唐宁街公务员之前能在领事馆里锻炼几年。那样他们或许能和普通人有所接触,学到一点关于人性和人类处境的第一手知识。那时候,他们一定能意识到自己和其他凡人并无不同。

我急着重新开始工作,然而看起来除了写文章之外,并没有什么事情能让我去做。而要搜集到素材写出对当前状况有用的文章,我得去拜访一批负责战争事务的人。其中之一是国民军总司令阿伦·布鲁克爵士①。他个子中等,体格粗壮,有着泛灰的浓密头发,肉乎乎的鹰钩鼻下蓄着黝黑的唇髭,一双手粗短有力。此人给我一种体力强健的印象,这让我觉得有些不同寻常,因为他的面容睿智而富于感受力。在我看起来,他更像是科学家而非军人。如果我在公共汽车上遇见身穿便服的他,我会以为他是伦敦大学的物理学教授。他长于言辞,表达观点清晰而又流畅,嗓音尖锐。我敢说,任何人只要和他共处一个小时,都会认为他坚毅、冷静而有能力。

照我看来,法国的可悲失败很大程度上正是民众信心的低迷造成。在目睹之后,我迫不及待地想要搞清楚一件事:我对英国民心的粗略印象是否能在拥有我无法企及的条件、可以做出更好判断的人那里得到印证。因此我向总司令先生提出的第一个问题就是他如何看待当前的大体民心。他告诉我说目前的民心无论如何赞美都不会过分,并且举出国民军为例。国民军成员都是志愿者,平时从事的都是日常工作(尽管其中许多人参加过上次大战)。招募他们是为了对付敌军的伞兵和破坏行动,保护桥梁、铁路和码头,以及在遭遇入侵时发挥作用。他们绝大部分是工人,在履行以上职责的同时还要坚持日常工作。然而响应太过热烈,以至于招募工作不得

---

① Alan Brooke(1883—1963),英国陆军元帅,在二战中担任帝国总参谋长。

不暂停，因为我们无法在短时间内武装这么多人。

在讨论了民族士气之后，军队的士气就成了一个自然的话题。我相信，在听见这位将军以他洪亮而令人信服的声音谈论起他在法国指挥过的部队时，每个人都会和他一样充满信心。当一支部队冒着承担重大损失的风险坚守阵地时，没有什么比因为得不到侧翼支援而被勒令撤退更打击士气。等士兵们进入新的阵地，他们就会想："这有什么用？为什么还要让更多人送命来守住这里？反正还要再次撤退。"这就是在佛兰德斯一再发生的故事：比利时军队投降，而另一侧的法军逃离了战场。然而英军每一次都以同样的决心坚守阵地。无怪这位将军为他们感到骄傲。后来，在带领部队撤向海面时，他们遭遇一批行进中的法军部队。后者早就丢弃了武器，士气低迷，溃不成军，更像是沿着比利时边境公路逃跑的一群流民。你可能觉得看到这样的场景会令英军慌乱，然而他们依然坚定向前。身为这样一个——怎么说呢——缺乏想象力的，或者说冷淡的、执拗的，甚至迟钝的民族，总归还是有些好处，至少不会对这种印象做出反应，因为我们不知道该怎样反应。事实就是，在法国的英军从未因为自己的防线承压而退却，每一次后退都是因为侧翼友军的撤离。在回到英国时他们又累又饿，除了身上的军装一无所有，却依旧斗志昂扬。

我意识到，法国战败的原因之一在于：他们的军队在整个漫长冬天中没有行动，无所事事，而这让士兵们变得倦怠和不满。于是我向布鲁克将军提出：如果这个夏天德国人没有侵入英国，那我们这些将整个英国变成巨大要塞的部队就会面对类似的局面，也就是那种曾对法军产生恶劣影响的局面。将军提醒我说英军司令部早在前一个冬天就处理过同样的问题。他们的解决办法是让士兵们保持适度工作,给他们提供娱乐,以及频繁给他们放小假。而我指出,今天的士兵的受教育程度要比二十五年前的那些高得多,所以他们擅长的不光是体力活动,也有脑力活动。

"当然,"他回答道,"不过别忘了当代的军事训练和一代人之前已经大为不同。当年他们只需要学会开枪和操练。适量的操练是有必要的,但在军营操场上无休无止地行进也很让人丧气,对受过良好教育的人来说更是如此。当代军人同时也是技师,必须学会很多东西。这就能让他们的头脑保持活跃,不至于厌倦。"

很明显,总参谋部清楚地意识到了这种必要性——要让士兵加强各类活动,他们才能有事可做,保持积极情绪。

二十八

我们已经知道,德国人之所以能征服那几个倒霉的国家,是因为他们在空军上的优势。我们也建造飞机,但是造得是否够多?当然,我们也从美国人那里买飞机,但是买得是否够多?我听见人们提出这样的问题,觉得此时正适合就此写一篇文章。于是我打定主意,要尽可能去挖掘有关飞机生产方面的材料。在我看来,我无须考虑空军人员的问题。他们的勇敢、镇定和理智,面对危难时的冷静,还有他们的坚毅,早已在上百场战斗中得到充分体现,也受到了全世界媒体的赞扬。我自己就认识几位皇家空军士兵。当我看见他们是如何年轻时,我心里总是忍不住难过,因为他们的大好人生刚刚开始,此时却要面对可怕的危险。有的小伙子的脸颊还干干净净,让人觉得他们开始用安全剃刀还是不久前的事。然而他们是多么轻松愉快啊,既胆大妄为,又对自己的技术充满自信。他们看上去还是少年,却已经有了成年人的经验、智计和丰富知识,就好像是长者的头脑长在了年轻的身体上。为他们而骄傲是不够的,在面对他们时,我甚至感到巨大的卑微。

我和他们中的一个人更熟一些。他二十四岁,比其他人年纪略长,个子很小,照我估计身高不超过五英尺四英寸(他声称这是飞行员的理想身高),是个乐呵呵的家伙。那双放肆的蓝眼睛显出一种无忧无虑的神气。他在这场战争中已经有过坠机经历,险些折断脖子。然而在医院待了几个星期,又休了一个小小的病假之后,他重新回到了战场。刚从法国返回不久,他就来拜访我,带着一肚子的可怕故事:法国人在投降后试图阻止英国飞机离开,拒绝为英军提供燃料和机油,甚至把卡车开上机场跑道以阻碍加满油的飞机起飞。这些故事令人难过、痛心,但是沉湎其中并无用处。不久前,他和两架德军飞机有过一场搏斗,击落了其中一架。那次幸运的射击击穿了对手的油箱,而他和敌人的距离是如此之近,以至于漏出来的油洒到他的飞机上。油糊住了他的挡风玻璃,让他看不清前方,因此他在返航时为了分辨方向,只能扭头朝后看。

"我降落后,他们对此事大感兴趣,"他说,"一位专家赶来检查,结论是那些油已经变质。那样的油我们甚至不会用在卡车上。"

我问他是否感到害怕。

"当时不会,"他说,"在战斗中我从来不害怕,因为那太带劲儿了。"然后他思索了片刻。"我告诉你什么时候我害怕过。那是在一次单独巡逻中。我一个人飞在天上,一连好几个小时。不知道怎么回事,我的膝盖就颤抖起来。那种感觉,就像全世界只剩下你一个人,而天空看上去大得不讲理。实际上也没什么可怕,我也不知道怎么就会生出那种感觉。"

"因为你看到了无限。"这是我的猜测。

这个小伙子是个嘻嘻哈哈的乐天派。当时他正有两天假期,一心要好好享受,心情好得不得了。关于未来他也有许多想法。打赢这场战争之后,他要去买条四十英尺长的帆船,带上一个朋友远航南太平洋。

"那边过日子不用花钱,对吧?"

"不用花太多。"我回答他。

我后来再也没见过他。或许现在他已经明白了,无限并没有什么可怕。

所以,我觉得我无须操心战斗人员的事情。于是我给时任飞机生产部部长比弗布鲁克勋爵①写了一封信,请求一次拜访。这个部门成立的时间还不长,而我想了解的是富于驱动力的比弗布鲁克勋爵在任上取得的成就。他这个人一旦投入什么事情,几乎都能成功。他是个乐观主义者,自然有一种乐观主义者那种无害的自负,但他同时也是一位能人。他有无穷无尽的精力。据说不管交给他什么工作,他几乎都能在委任状的墨迹变干之前取得成果。之后我收到一封邮件,是他对我的去信的答复。信中他表示他不安排预约会面,但任何时候我去拜访飞机生产部,他都乐意见我。我上门时他正有其他会见,但我还是被立刻引进他的办公室。当时前一位访客还在,不过很快就离开了。我这才明白,提前让下一位访客进来,是让话已经说完的人早些离开的好办法。

英国公众早已熟知澳大利亚讽刺画家洛②所描绘的比弗布鲁克勋爵形象,因此每次你见到他本人时,都不得不对心中的印象加以调整。他并非洛笔下那个像侏儒一样的小怪物,脸上也没有那种恶魔式的笑意——那是画家的发挥,效果非凡。他甚至不是个小个子,据我估计有五英尺十英寸高。他身形笔直,秃顶,脸上纹路很深,显得沟壑分明。除了微笑时,他往往板着脸,但他的微笑又相当亲切。当他让我在他办公桌对面坐下时,他还是表情严肃,双手抱在胸前,浓眉下方透出的凌厉眼神牢牢盯着我。

"你想从我这里得到什么?"他的声音粗粝。

---

① William Maxwell Aitken(1879—1964),第一代比弗布鲁克男爵,常被称为比弗布鲁克勋爵。他是一位加拿大-英国的报纸出版商和幕后政治家,因掌握《每日快报》(*Daily Express*)而对二十世纪上半叶的英国媒体和政治拥有巨大影响。
② David Low(1891—1963),出生于新西兰的政治漫画家,在英国工作和生活多年。

要是我没有准备好答案的话，这个问题的突兀就足够让我慌乱了。我首先请他告诉我英国飞机和德国飞机的数量差距。

"我怎么知道？"他回答道，"我不知道德国人有多少架飞机。我咨询的每个专家给我的数字都不一样。不过我可以确定一点：我们的飞机足够击退他们发动的任何进攻。"

"这可是个好消息，"我说，"那么您觉得我们的生产何时能达到峰值呢？"

"永远不会，因为我们没有峰值，"他回答道，"不设上限。"

我最后也没能写出我计划中的那篇文章，因为我通过别人介绍联系上的空军部官员告诉我：只有让他参与文章写作，他才能为我的参观提供帮助。不幸的是我并没有与人合写文章的天赋。我敢说，他在私人生活中一定和某家汽车制造商有联系。

二十九

这段时间里我见到的另一个人是 A.V. 亚历山大①。丘吉尔在组阁时邀请他担任自己空出的海军大臣一职。亚历山大多年来一直被认为是工党中最值得尊敬的领袖之一,但他不仅是一个政客,也是一个商人。他是合作社批发协会②的创立者,在发展这一对工人阶级具有巨大价值的项目中取得了惊人的成功,足以证明他的眼光独到。在工党政府中他就是第一海军大臣,在辞职时也颇有佳名。再次担当这一职务对他来说堪称驾轻就熟。他身形粗壮结实,有点双下巴,让他的面容因为纹路而更显坚毅。他长着一只短而咄咄逼人的鼻子,角框眼镜背后的双眼敏锐有神。他的下巴强健而显得好斗,头上是修剪妥帖的灰白色短发。此人举止沉静却不犹豫,也不装模作样,在接待拜访者时总是直接切入主题。他谈话相当流畅,显然有丰富的演说经验。

第一海军大臣的办公室庄严恢弘,墙上挂着巨幅地图。大臣时不时会站起身来,对某张地图上的某一地点加以解说。他指向德国人必须防守的漫长海岸线——从挪威北端直到西班牙与法国的边界,然后表示英国正在生产军舰,并且接近完工。他告诉我,等到这批军舰完工,英国舰队将准备好面对任何战斗。说到这里时,他的下颌激动地向前伸出。

他知道我在法国住了多久,也知道我与法国渊源深远,于是向我讲起英国海军在奥兰对法军舰队发起的攻击。

"我们不得不这么干,但是我真想让你知道我对此有多遗憾,"他说,"我们别无办法。眼下我们有十四艘主力舰,德国人只有两艘或三艘,意大利人有六艘,而法国人有九艘。三加六加九。如果让法国军舰落入敌人之手,重型军舰方面的力量对比就会对我们不利。到时候我们的护航舰队就很可能被敌人的海面力量摧毁。我们只能如此,这是唯一的选择。他们不会让法国人民知道我们对他们的舰队提出了什么样的投降条件。没有比它们更通情达理,更体面的条件了。"他突然把眼神转向我。"你要去美国,对吗?"他问道。

"应该会去。"

"那就对了。要是我们的主力舰队压不过对方,英美贸易的安全从何谈起?这不光是我们的战斗,也是他们的。只要英国舰队还在,美国就是安全的。而如果我们的舰队被摧毁了,美国还能有多安全呢?"

---

① Albert Victor Alexander(1885—1965),英国劳工与合作党(工党与合作党组成的政治联盟)政治家,曾三次出任第一海军大臣。
② Co-operative Wholesale Society(CWS),一种以消费合作社为成员的合作社联盟,旨在组织批量采购和生产。成员合作社可以集体采购,也可以共同拥有产业。

三十

到伦敦之后不久，我就见到了科尔班先生——法国溃败前驻圣詹姆斯朝廷①的法国大使。当时他已经辞职，就住在多切斯特酒店等待乘船前往南美洲。我认识他有一段时间了，也时常和他一起用午餐。这位先生为人冷淡而严峻，时时与人保持距离，让你觉得任何表示友好的举动都会让他感到尴尬。我遇见他时正要走出电梯，而他正要进来。我们握了手。他祝贺我平安回国。此前我见到他的时候，他不是宴会上的贵宾，就是富丽堂皇的法国大使馆中那位彬彬有礼的主人。然而此刻我眼前只有一个面色灰败、疲惫颓唐的男人，仿佛被祖国遭受的耻辱压垮了。他看上去老了有二十岁。我震惊得说不出话来，心想：法国的溃败对他来说是更大的悲剧，因此我向他表达深切遗憾只会让他尴尬；对这种任何安慰都无法宽解的灾难，我的慰问只会是一种失礼。我就站在那里，一言不发，傻乎乎地望着他，直到他走进电梯，我才松了一口气。

如前所述，1939年底我曾经花了六个星期周游法国搜集素材，以创作那本小书，向我的同胞展现法国人民如何为备战付出巨大努力，法国工人如何热情劳动以为作战顺利提供资源，以及法国陆军和海军有着如何了不起的行动效率。书中所述全是我亲眼所见。我已经尽力忠实地描述了我得到的印象。

回顾此事，我发现有些偶尔出现的不经意的评论，某些零星发生的小事本该引起我的警觉，就像风中飘舞的草叶总能表明风向。

之前我对它们没有足够留意,这完全是我的问题。我为这种迟钝深感自责,在回到英国之后便四处询问,向那些有条件了解我无从了解的事实的人打听:他们是否预见到了法国这次可怕而彻底的溃败。然后我发现,此事同样完全出乎他们的意料。和我一样,他们也没有想到强大的法兰西以其悍勇而忠诚的军队,做出的抵抗竟然还不如波兰像样,更没有想到法国人竟会毫无挣扎地放弃他们的首都,违背他们多次做出的庄重承诺。

法国走向了屈辱的投降。此时此刻,若非我确信只要将其投降的理由加以冷静展现,美国和英国的人民就能从中学到许多眼下对他们至关重要的教训,我便不会像现在准备做的那样,再浪费自己或是读者的时间去将这些理由一一陈述。那些导致法国失败的错误以及气质和性格缺陷并非法国人本性独有。它们出于人性,而我们都有倒向这些错误和缺陷的可能——只是路径不同。只有避免这些错误,警惕这些缺陷,我们才有希望远离吞没了法国的那种巨大灾难。

如果我要说的话中有许多在前文已有暗示,那我只能请求读者的原谅。然而这个话题在我看来相当重要,加以强调并不过分。我还要请求读者相信:我要说的话都有足够的凭据。这些话会让我写在刚才提到的那本书里的内容显得荒唐无稽,因此我决不会轻率地把它们说出来——没有人会特意承认自己在别人眼中缺乏洞察力和判断力。我热爱法国,有很多法国朋友。我从法国人那里得到的从来都是善意,更不乏荣誉。我之所以成为我,在很大程度上要感谢法国的艺术、文学和文明。我要讲述的这个故事中有困惑,有自

---

① The Court of St James,亦称圣詹姆斯宫,位于伦敦市中心圣詹姆斯区,是英国君主的正式王宫。各国大使在此接受英国君主的正式认可和委任。

私,有怯懦,也有信念的倾圮,但我在讲述时心中只有悲痛,并无敌意。

众所周知,法国人内部总是因为政治和社会问题而争吵不停。然而他们也一直确信:当国家面临危险时,他们会把争执放在一边,结成统一战线面对敌人。这一次他们也是这样说的,然而事实并非如此。议员圈子里的一致立场仅仅是表象。在这表象之下,布鲁姆执政时期留下的敌意仍在剧烈翻涌。内阁里有人为争权夺位不择手段。需要为法国面临的斗争同心协力时,部长们却彼此暗施冷箭。共产党遭到解散,其代表不是被捕,就是被迫流亡,而政府丝毫不顾这样做对工人阶级会有什么样的影响。

在布鲁姆政府引入其他国家早就实行的改革措施之前,法国工人的境况非常糟糕。几乎没有雇主会考虑员工的福利。在巴黎最大的一家商场,雇员们最迫切的要求竟然是厕所要分男女。工人工作时间过长,而薪水又不足以让他们过上体面生活。为了更好地说明有钱人的想法,在此我要复述一段我和一位朋友之间的对话。他是一位善良、正派而又慷慨的绅士,职业是银行家。一天下午,我去巴黎著名的贝尔·拉雪兹公墓出席一次共产主义者聚会,留意到现场许多旗帜纹样中都有这三个词——和平、工作、福利。当晚我与这位朋友见面时,我向他讲述了这件让我不解的事:大革命都过去一百五十年了,法国劳动者提出的竟还是这样基本的要求。

"这样的要求显然太低了。"我说。

他大为光火。

"和平当然是应该的,"他说,"工作也不能少,但是福利?那怎么可能?他们真是异想天开。"

还需要我说什么吗？我觉得是不用了。当然，布鲁姆政府过于激进，也操之过急。每周四十小时工作制在法国还不现实。有钱人吓坏了，急忙把他们的钱转往国外。政府随着法郎的崩盘而倒台。富人们倒是松了一口气，然而劳工们却心怀怨愤。有钱人吓破了胆，从此便随时担心布尔什维克主义的到来。战争爆发时，他们眼前却只漂浮着这一个幽灵。大企业与德国联系紧密，而无论贵族还是富有的资产阶级，都有很多、非常多的人崇拜独裁者，因为他们认为这些独裁者挽救了他们各自的国家，使之免于俄式共产主义的恐怖。他们甚至懒于掩饰这样一种信念：如果战争的结果只有德国战胜与布尔什维克主义这两种可能，他们宁可选择德国战胜。他们愚蠢至极，以为胜利者会让他们保留财产，而共产主义革命无疑会将之剥夺。

然后是军队的问题。法国陆军被认为是欧洲最精良的军队。人们也普遍认为法军总参谋部的效率已经不可能更高。让我们先来看看士兵们。在那个毫无行动的漫长冬天里，他们心中因为总动员而燃起的奋战之火逐渐熄灭。他们因为家信而焦虑，因为信上会说家里的农田因为缺少劳力而荒废，商店没有顾客，生意一败涂地。与其坐在马其诺防线后面无所事事，为什么不能回家呢？当战斗真的打响时，他们几乎已经没有信心。若是得到卓越的领导，他们仍能英勇作战，然而这也没有实现。法国已经发生了剧变。泛泛而谈总需要有事实佐证，因此我接下来要说的就是：法国有千千万万正直不倚的人；他们的头脑中烙印着对人的尊严的信念；他们为自己的祖国感到骄傲，并且愿意为保持它的伟大而牺牲生命。然而这些还不够。说到底，民主有赖于个人的德行，而腐败的民主注定要失败。若是没有在法国长期生活过，你不会知道这个国家各个阶层中的腐败有多么普遍。整个社会中弥漫着道德的堕落、对享乐的疯狂追求,还有对荣誉的虚无主义蔑视。许多年轻军官都受到这样的影响。他们休假时不是去巴黎就是回老家,也不解自己为何而战。对他们来说,为希特勒服务和为其他任何政府服务并无不同。他们只想要安静的生活,只想埋头关心自己的事。希特勒当然乐意这样。至于他们的帝国和海军,谁会关心?法国是一个伟大的国家。没有人能征服法兰西的灵魂。哪怕在德国人的统治下,法国仍然会是法国。战斗展示了这种想法的后果。当然,战场上不乏英雄行为,也有许多军官死于恪尽职守。然而我们也听说了各种可怕的故事:军官乘着汽车逃往安全区,把部队遗弃在战场上;还有的军官为了从那些随时可能被德国人占领的地区救出自己的妻儿,任由部下自生自灭。此外,我们都已经知道,千千万万的逃难者不仅阻碍了部队的行动,也打击了全体法国人的信心。因此我也会将之视为法国士气崩溃的原因之一,无须赘述。

人所共知甘莫林并无才能,之所以能一直把持最高指挥权,是因为他在政界长袖善舞,然而法国人民对总参谋部仍有信心。总参谋部的人员都已经老得不适合他们的职位,上次大战过后也没有学到任何新东西,只剩下盲目的自大。他们拒绝从波兰遭到的进攻中吸取教训。前线的将军们亲口告诉我:波兰的失败是因为波兰人拒绝接受法军总参谋部的建议。他们还说自己只是在等待德国人进攻马其诺防线,并且一心认为能打垮对方。当马其诺防线被证明毫无作用时,他们不知所措。没有人教过他们该如何对抗德国人的机械化师,哪怕逃到法国的波兰军官已经竭尽所能,尝试把自己从波兰的惨败中学到的教训告诉法军总参谋部。然而法国将军们看不起波兰人,傲慢而顽固地拒绝听从建议。这样一来,他们的陷入恐慌和放弃抵抗也就不让人奇怪了。福煦元帅①曾经说过："如果法国陷入危难，就去找魏刚。"魏刚将军临危受命，却在审视局势之后告诉雷诺一切已经无可挽回。雷诺将此事告知我的一位朋友，并如此评论：

"如果总司令本人就是失败主义者，我还能做什么？"

魏刚曾是一名卓越的参谋军官。他声誉卓著，却也因为担心声誉受损而不愿做出重大冒险。他满腔雄心和自负，富于激情而又独断专行。在因为超龄（当时他已经七十多岁）而从总司令职务上退休之后，他成为巴黎沙龙上的常客，也因此沾染了那种流行于各个沙龙的对共产主义的恐惧。作为一个热忱的天主教徒，他对同胞中的堕落倾向深感忧虑。他还怀有一种神秘主义信念，认为法国需要历劫才能重生。灾难临头时，他的信念便具体化为这样的想法：法国罪孽深重，需要历经磨难。或许他的想法并没有错，然而这样的思维状态并不能刺激一位总司令采取行动去争取胜利。在对此绝望之后，他把全副精力都用于保持对军队的控制，以维护社会秩序。

关于贝当我无须多说。他不过是一个精力耗尽的老人，头脑固执而虚妄，在骨子里就是个失败主义者。他的思想也一向倾向法西斯主义。在那些在法国投降之际和他打过交道的人眼里，他似乎失去了决断力。我不需要再提那些证明了总参谋部之无能的次要因素，比如种种繁文缛节如何束缚精干军官的手脚。有一位军官告诉我：他知道有一份重要文件要交给他，而且文件就在对门的另一间办公室，可他等了足足一个星期——等它跨越这十码距离。我也不

---

① Ferdinand Foch(1851—1929)，法国陆军元帅，一战中的法军总参谋长和战争后期的协约国联军总司令。

用再提各处急需军械的地方是如何缺少军械。我在军工厂里目睹过坦克生产,而且在我看来产量并不小。当法军需要坦克来抵挡德国人的进攻时,这些坦克在哪里呢?大量坦克甚至没有离开那些大型军工厂太远。为什么会这样?只有一个可能的解释:当工人试图反抗时,这些坦克能派上用场。

接下来我要说说政客。关于他们的故事不仅令人困惑,也让人感到可悲,其中充斥着自私、背叛、犹疑、恐惧和谎言。被解职的部长密谋对付接替者。内阁成员彼此猜忌。这些人中最能干的芒代尔[①]从未得到过公平的机会,只因为他是犹太人。卸任部长们与敌人暗通款曲。女人们也发挥了毁灭性的影响。据说雷诺的情妇波尔特夫人[②]曾强行闯入内阁会议。关于她还有一个似乎来源相当可靠的故事:有一次,她坚持要闯入雷诺的办公室,负责警卫的军官不得不动手将她约束。在另一桩传闻里,正当英国大使尝试劝说雷诺保持与英国的联盟时,这位夫人撞开房门高声尖叫:

"不能让步!不能让步!"

将会闯下大祸的博杜安[③]之所以被雷诺纳入内阁,任命为外交部长,正是因为波尔特夫人的诱导。此人是银行家,也是新天主教派信徒,和魏刚一样有对社会加以道德重建的想法。然而我见过的人,没有一个会相信博杜安是真诚的。在他与英国大使和波兰部长们(我们不能忘记一点:法国不仅和英国签下了永不单独与德国媾和的条约,和波兰也同样签过)的谈话中,他满嘴令人恶心的谎言。

---

① Georges Mandel(1885—1944),法国记者、政治家和抵抗运动领导人,曾任邮政部长和内政部长等职。他在1940年8月被维希政府逮捕,并在1944年7月被处死。
② Hélène de Portes(1902—1940),法国贵族,因对其情夫雷诺的巨大影响而著名。
③ Paul Baodouin(1894—1964),法国银行家,在1940年下半年成为外交部长,主导了与德国的停火及和约签署。

他拒绝让波兰代表看停战协议的条款,尽管协议文本就在他面前的办公桌上。内阁已经决定接受协议,他却告诉波兰人:法国政府将拒绝这些条款,并将转进非洲继续作战。

这群人吓破了胆,鼠目寸光,把私人利益置于国家福祉之上。继续讲述他们的故事是一种折磨,也没有继续下去的必要。他们的路线注定失败,因为他们不肯炸掉那些代表着金钱的桥梁和工厂,宁可把它们留给敌人。他们的路线注定失败,因为他们不愿像波兰人勇敢接受华沙的毁灭一样让巴黎变成瓦砾,而是一枪未放就放弃了它。这样一来,军队的恐慌变成了全国的恐慌,却没有人站出来阻止恐慌的蔓延。这场失败首先是道德上的失败,然后才是物理上的失败。

我用不了多少字,就可以将法国崩溃的原因总结出来。总参谋部无能;军官们目空一切,却对现代战争知之甚少,又缺乏决心;士兵们心怀不满,缺乏激情。至于法国人民,他们在很大程度上对那些他们应被告知的东西一无所知;他们对政府深深地缺乏信任,也从不相信这场战争与他们迫切相关;比起被德国人主宰,有产者更害怕布尔什维克主义,他们的第一选择是如何保住口袋里的金钱;政府颟顸、腐败,从某种意义上说也不忠诚。她的失败并非奇迹;她要是不失败才是奇迹。

这一次,法国没有能造就奇迹的克莱蒙梭和福煦元帅。然而法国真的被征服了吗?法国军队当然是被打败了,然而法国还有数量巨大的人民。他们明白发生了什么。就算一时还不明白,他们也会体会到在德国人铁蹄下生存的滋味,然后明白过来。难道他们就不能为自己的解放做出贡献吗?我不相信。法国人是一个骄傲而勇敢的民族。当他们从这场可耻的屈辱带来的绝望中恢复过来,就会有领袖挺身而出,会有勇毅者跟随他们的脚步。对此我毫不怀疑。

纳粹胜利者会尝试强行为法国人套上枷锁,然而我不相信法国人会温顺地屈身为奴。热爱法国的我们无须放弃希望。浮沫总会顺流而散。法国还有成千上万正直的人、爱国的人和勇敢的人。到了时机成熟的那一天,我相信他们的数量足够让他们把侵略者驱赶出去,足够让法国重新站立起来,恢复她在友好国家之间应有的位置。

在此陈述这个伟大的国家倾覆的种种原因对我来说并不是一件愉快的事。我们能从这场悲剧中得到什么样的教训?大多数教训都太过明显,我无须在此一一重申。然而有一点我一定要说:如果一个民族珍视任何东西胜过珍视自由,那它就会失去自由;然而讽刺的是,如果它更珍视的是安逸或金钱,它同样会失去它们。如果一个民族必须通过战斗才能得到自由,有几种条件是不可或缺的:正直、勇气、忠诚、眼界和牺牲精神。如果不具备这些,它失去自由就怨不到别人。

三十一

回到英国之后,朋友们纷纷找上门来,不是邀请我一起吃午餐就是吃晚餐。我很快就发现,有两个话题尤其让他们感到焦虑。其一是某位将军的无能。人所共知,民主政府的一大短处就在于,如果一个人舒舒服服坐稳了某个并不适合他的位子,要让他离开就千难万难。不过,这种事虽然耗时,到底还是能办到的。我回国之后不久,这位将军就被更优秀的人替代了,转而得到一份荣誉性的闲职。

另一个问题与第五纵队有关。它引起人们的广泛谈论并不奇怪,因为我们对第五纵队的印象(即它隐秘却又活跃,无处不在)正是德国宣传部门希望造成的效果。这种攻势旨在散播恐慌、悲观、猜疑和困惑。如今的公众天然有相信任何恐慌流言的倾向。当人们听到一个流言,他们又很难在向邻居转述时控制住自己,不去添油加醋使它听起来更为惊人。无论听到或是读到什么东西,保持一丝怀疑总是明智的。然而第五纵队的确可怕。鉴于他们在波兰、挪威、低地国家和法国的陷落中都起了作用,读者们或许会愿意听我讲一讲我当时对第五纵队的目标和手段的了解。

我查阅过关于第五纵队的一批秘密报告,也有幸见到一些人——他们的职责是观察并采取必要措施打击第五纵队的在英活动。在此我不能说出他们的名字,只能说他们的形象与间谍小说所描述的完全不同。如果你遇见这些人,你根本不会想到他们与他们的工作之间有任何关联。其中一位是个瘦瘦的高个子，长着一颗小脑袋，举手投足一丝不苟，会让你觉得他是一名数学教师。另一位是个胖子，头发灰白，有一张灰暗的圆脸，穿一身几乎算得上粗陋的灰色衣服。这是一个让人感觉舒服的人，笑起来很好听，声音温柔。如果你为了躲避阵雨而在一处门廊里见到他，我不知道你会把他当成什么人，或许是一名汽车销售员，又或许是一名退休的茶农。

第五纵队的目标是在敌后以平民身份展开活动，作为对战场行动的补充。从某种意义上说，它从来就是一种战争手段，只是从未如当前冲突中德国人所做到的那样，有如此丰富的技巧，取得如此的成功。第五纵队狡诈多端，懂得根据每个国家的不同情况来应用不同的策略。在入侵开始之前，他们就会以各种方式影响舆论，搜集信息，实施破坏行动以扰乱人心。很多时候，这些行为都得益于官方的极端漠视。挪威便是一例：在德国入侵前三个星期，汉莎航空的德国官员曾以研究开辟新航线的可能性为借口，获准勘察挪威的各个机场。第五纵队使用各种独特的方式传递消息。在比利时，他们往墙上张贴的广告正面是畅销商品，背面却是地图和其他有用情报。他们会在日报上刊登密文广告以传达指示。在南斯拉夫，他们利用亲纳粹媒体上的广告来搜集详细情报——表面上以度假游客为目标群体，实际搜集的是宿营、供水和交通设施方面的信息。

入侵一旦开始，第五纵队的角色就会变得更明确。他们会以传单、电话和流言的形式传播虚假消息，让人们困惑。他们会尝试夺取要地、机场、政府建筑、广播电台、邮局和警察局。在荷兰，有德国平民从窗户里和房顶上向荷兰军队开枪。第五纵队工作的另一个重要分支在于为入侵武装力量担任向导。这项任务自然需要对当地的了解。无论日夜，他们都能通过无线电或其他多种信号为飞机和船舰导航。

在此我可能需要打断一下,讲述我本人知道的一件小事。在英格兰的一处河口中有一小块陆地,正好看守着通往一座重要城市的通道。一批士兵驻扎在这里,以阻击敌人降落。他们经常遭到轰炸,日常生活也十分孤独。基督教青年会在这里开了一家餐厅,让士兵们有地方喝茶或者喝咖啡,有机会坐下来聊天写信。为了帮助餐厅的运营,一位英国教士来到了这里。他容貌俊秀,身形笔直,仪表堂堂,既有良好的教养,也善于和人打交道。他会给士兵们分发香烟和糖果,在他们中间很受欢迎。关于士兵们的一切他都感兴趣,总是乐意倾听他们谈论训练营、朋友的驻防地点和派遣方向。到了每天晚上餐厅歇业的时候,他总是会抽抽烟斗,而别人对此也不会有意见。因为这里天气热,所以他会拉开窗帘,打开窗户。他用来点烟斗的是耐风火柴,燃烧时间相当长。有人告诉他这样点烟斗会带来危险,可他说:在闷气的地方待了好几个小时以后,他需要呼吸新鲜空气,而且认为点火柴会有危险未免荒谬。半个小时之后,空袭发生了。第一次或许只是巧合。可是这样的事发生了一次又一次,就让人生疑。于是他遭到传唤和问询。接下来,人们不顾他的愤怒,将他拘押起来,同时搜查了他的房间,发现他不仅是对士兵们感兴趣,还把他们讲述的信息都做了笔记。把他送回房间后,人们在他门口安排了一名警卫。他在房中来回踱步,就这样度过一晚。第二天一早,他便被押上汽车送走。餐厅失去了这位和蔼、慷慨而又富于同情心的教士的服务,然而士兵们对此并不在意。让他们气愤的是,他们没有获准对此人动用私刑。

三十二

我们没有理由夸大第五纵队在英国的影响。对间谍活动怀有精神错乱式的恐惧是愚蠢的。然而其他国家发生的事情已经确凿无疑地证实了第五纵队活动的存在,因此完全无视它更是白痴行为。在英国的第五纵队有三类,分别来自英国、敌国和中立国。中立国公民很容易对付,因为我们可以驱逐他们。对付敌国公民可以用拘押的手段。我们已经对很多人这么做了,而且引起了强烈的抗议。许多人是反法西斯、反纳粹的,还有许多是为了不进本国的集中营而逃往英国的犹太人。他们期待轴心国的失败,将之视为返回家园的唯一指望。许多人是优秀的人才,时刻准备用他们的才智为这个庇护他们的国家服务。许多人品行无瑕,在敌人手中吃过苦,让人无法相信他们会卷入对敌方有利的活动。媒体为这些人大声疾呼,不遗余力地抨击如此粗暴对待这些可怜人的官僚机构。初看起来,这样的做法并非没有道理。他们来到这个自由国家寻求庇护,却遭到关押,这似乎让人难以接受。这些人总会回到自己的祖国,而如果他们在回国时因为曾在自己视为朋友的人们手中遭遇不公对待而满怀愤怒,那就太令人遗憾了。然而,我们也能从那些被征服的国家身上得到教训。有些德国人(其中有定居者,也有难民)表面上看起来反对纳粹,后来却被发现积极配合纳粹行动。我们已经知道难民中藏着盖世太保的间谍,其中有些甚至是犹太人。这是战争,如果我们不采取一切防备措施,那就是失职，是犯罪。幸好，无差别关押敌国公民所引起的抗议已经有了成果，多少洗刷了英国的恶名。所有被归入 C 类（即无嫌疑者）的人已经获释。还有成千上万人仍处于关押之中。其中许多人——B 类（即被法庭视为可疑者的一类）中的大部分人可能都在此列——真诚地反对纳粹，也真诚地对英国友好。他们值得我们全部的同情。更难处理的一类是英国公民，或许是归化英国的德国人或意大利人，或许就出生在英国。根据国会最近通过的法案，如果我们有足够理由怀疑某人参与了叛国行为，可以将之直接逮捕关押，无须经过法庭审判，然而他们仍拥有申诉权。就在我提到的这段时间里，有大约一千两百人因此被捕。其中大多数人都申诉了，并且案情也得到仔细审理，然而只有三四个人申诉成功。鉴于英国司法部门向来偏向同情被告，这个结果表明内政部采取的措施有充分的理由。这些人的遭遇并不算可怕。他们先是被关在布里克斯顿或是旺兹沃斯的监狱，后来被转移到内政部下属的一处军管营地。他们穿的是自己的衣服，劳动全凭自愿。他们可以读报纸，见访客，还能收发信件。只要你读过斯特凡·洛兰特①的《我曾是希特勒的囚徒》，就能发现纳粹对政治嫌疑犯的保护性拘押措施是多么不同。

  第五纵队分子可以是男人，也可以是女人，甚至有可能是小孩。法国人就曾抓到过一个十二岁的小女孩。她躲在烟囱背后向德军狙击手发信号，告诉他们法国人的位置。这些人可能伪装成教士、护士、警察、电车售票员、童子军、铁道员工或是出租车司机，也可能身披英国海军、陆军或是空军的制服。在荷兰遭到入侵前夕，德国

---

① Stefan Lorant（1901—1997），出生在匈牙利的美国电影制作人、摄影记者和作家，因在 1933 年希特勒上台后反对他而在德国被关押数月。

人购买了大量荷兰军服,并在荷兰纳粹分子的帮助下将它们偷运过边界。这些军服后来立了大功。有一次,一艘英国鱼雷舰在荷兰的一处码头附近遭到身穿荷兰军服的军人的射击,而舰长此前还主动表示可以帮助他们撤离。另一次,一名第五纵队分子伪装成荷兰警察,告诉一支失散的荷兰部队说友军就在街角另一边。等到他们转过街角,面前只有躲在路障后面的德军,并且立刻遭到后者的屠杀。还有一种花招是在公路附近留下一名德国女子。她会假装需要搭车,向卡车招手。一旦卡车停下,埋伏的德军就会杀死司机,夺走卡车。这些都是战术。我们只能正视它们,将之当成这场可怕游戏的一部分。然而德国人还使用过更恶心的手段,哪怕神经坚强的人也会为之反胃。例如,在德军入侵荷兰之后,身穿平民服装的第五纵队分子会上街游行,高唱荷兰爱国歌曲。等到人群聚集起来,就会有机枪向他们开火。如果这些人遇见一名荷兰军官,他们中的首领会向军官敬礼,然后转身在他背后开枪。

　　让人宽慰的是,纳粹的卑劣伎俩有时并不是那么成功。这方面的例子我搜集了三个。某个海军基地的荷兰指挥官发现两名身穿海军制服的男子潜入了造船厂。他召集驻军展开搜索,却没有找到闯入者。于是他告诉部下说第二天不得向军官敬礼。有两个人敬了礼,就被发现正是他们要找的人。在另一起事件中,有人发现第五纵队分子在夜间向德军飞机打信号,示意他们可以让空降兵跳伞。一艘荷兰军舰在浅水区域巡逻,并在听见飞机引擎声之后打出同样信号。跳伞的空降兵便都落进海里。在波兰的罗兹,第五纵队分子收到弗罗茨瓦夫广播电台的信号"艾霍尔兹医生的同志们开始工作",便着手准备炸毁铁道和桥梁,并打算夺取邮局和电话局。他们手里不仅有左轮手枪、炸弹用的计时器、雷管和引爆器,还有装有暗格的耐久食物罐头——上层是肉、菜或油脂,下层是炸药。最后的行动指令以电报方式发给他们的首领,内容是:"母亲去世,准备花圈。"几个不同的人在同一时间收到这条噩耗和感人的要求,这让官方觉得异常。显然,这样的做法证明他们多少缺乏想象力。二十四名平民因此被捕,但报告上并未说明这些人后来的遭遇。

三十三

关于第五纵队活动对美国的危害,美国人民不需要我来告诉他们。他们有能力自己解决问题。作为一个外国人,最好不要多管闲事。然而不管怎么说,如果你看到有人要把汽车开上一座危桥,上去制止他并警告他有危险,总是没错的。或许他不愿绕路,宁愿冒险,并且也安全过了桥,那样一来他会把你当成一个胆小的傻瓜。然而这样的风险你不得不冒。美国和大不列颠的利益如今已经紧密相联。两国中无论哪一国的公民都不能觉得另一方的状况事不关己。或许联盟的想法已经是不实际的梦想,但共同的语言、文化和道德观所构成的联盟早已存在,并不需要两国人民达成一致——这种联盟就像我们共同所居的大地和共同呼吸的空气一样真实不虚,无可逃离。

我毫不怀疑众多定居美国的意大利人和德国人对美国的忠诚。许多人离开欧洲的家园是因为那里的生活让他们无法忍受;许多人是为了逃离可憎的独裁统治。在这里他们找到了自由,从你们手中得到黄金一般的机会,因此他们甘于和你们共命运。然而,他们是否能完全将祖先的故乡抛在脑后呢?难道他们与那些同胞的血脉联系已经变得如此稀薄,可以绝然斩断了吗?或许你已经在罗马尼亚定居了一代人的时间,并且对那里的生活甚为满意,但因为政治原因成为流亡者。那么,当美国卷入一场缘由不清的战争时,难道你心底深处不会涌起一些朴素的情感,让你忘记你在祖国遭受的冤屈,让你不顾一切地希望她能取得胜利?我知道我自己是会的。而从有这种想法,到主动采取行动去帮助危难中的祖国,之间只差一小步。

此外,我们也不能忘记德国人的残暴。他们一旦发出威胁,只要有可能兑现就一定会兑现。我们不能指望他们的仁慈。或许你是一个德裔移民,父母仍在德国。或许盖世太保特工(不要以为在美国就没有盖世太保;他们为数不少)会找上门来,声称只要你能做些事情来抹黑美国的重新武装过程,你的父母——你知道他们正急需食品——就能得到足够的食品供应,而如果你拒绝,他们就会被关进集中营。这种时候,你是否能确定自己有勇气拒绝他们的要求?我们不能过高估计人性。与其期待某人不顾一切地拒绝诱惑,不如阻止他受到诱惑。如果受到考验的是人性,是感情,那么要求面对考验的人保持坚强就超出了大多数人的能力。从我的本心来讲,我不愿去苛责那些屈服于这种威胁的人,我只会同情他们。然而当国家安全面临危险时,承认他们有可能软弱乃是谨慎的做法。

忘记德国人有多么一丝不苟也是不智的。德国人或许没有太高的创造天赋,但无疑是有条理有远见的。他们不会像我们愚蠢的英国人一样,直到行动需要时才制定计划。他们不碰运气。从以下这个真实的故事,你就能看出德国人如何预防不测。战争爆发之后,英格兰某地的一个机场多次遭到轰炸。空军方面完全搞不懂德国人是怎么发现这个机场的,因为它地处偏僻,而且有很好的伪装保护,从空中几乎不可能辨识。然而德国人毫不费力地找到了目标,精确无误地投下炸弹。国民军的职责之一是熟悉驻扎区域的每一寸土地。有一天,两名国民军士兵进入距离机场一两英里远的一处大宅。这里已经多年没有住人。巨大的房子空空荡荡,还有一片草深没膝的大庭院。他们艰难地在这块地产上穿行,发现某处脚下的土地有些异样,而且草也比别处短。他们觉得这有些不对劲,于是进一步探索。接下来,他们发现有一片宽而直的长条地块之前被耕种过。他们继续前进,惊讶地发现这块地的形状相当奇特。调查随之展开,发现三年前有一群来自荷兰的球茎植物种植者租下了这个庭院,尝试在英格兰种植郁金香。这场实验显然没有成功,因为战争爆发前不久他们就放弃实验并返回荷兰。这座被遗弃的大宅远在几英里之外就能看见,而从空中观察的话,那块荷兰园艺家们用来种过花的奇形土地两侧都是长草,刚好构成一根巨大的箭头,笔直指向机场。就算是傻瓜,此时也能明白德国人总能精确轰炸这个机场的原因了。如果说没有一名英国空军注意到过这个箭头,反倒可能让人觉得奇怪,然而事实就是的确没有人注意到。我只能这样推测:只有知道箭头在哪里的人才看得见它。

下面这个小故事来自我自己的了解。有一对膝下无子女的夫妇,因为想要让自己微薄的收入增加一些,在夏天接收了一个想学英语的德国小男孩做房客。男孩性格很好,很讨夫妇俩喜欢。他的来访对双方都大有好处,因此成为每年夏天的惯例。英国夫妇渐渐把男孩当成自己的儿子来爱,而男孩似乎也真心对他们好。战争爆发时男孩十六岁。这对夫妇满怀忧愁地把男孩带到火车站,送他回德国。为了送他一份告别礼,他们买好了一个十六岁男孩通常会喜欢的东西,有领结、手绢和一条围巾,并把这些东西打成一个小包裹,在男孩登上火车时交给他。女人流着热泪,亲吻男孩作为道别,而男孩看上去也因为离开他们而伤心。然而,火车刚刚启动,他就把小包裹朝男人头上扔去,然后从窗口里探出身来,往女人脸上吐唾沫。

德国人可真是个奇怪的民族。

三十四

看起来我在英国没有什么事可做，于是我决定前往美国。然而在眼下，这可不是任何人可以不费力气就办得到的事。我首先得弄到美国签证，为此必须提交我在那边有正事要做的证明。我不清楚美国公民是否了解本国领事在考察外国人的入境申请时有多不信任。有一次，当被问及旅行原因时，我老老实实地回答了，说我打算去拜访朋友，享受生活。领事告诉我说这样的理由不够充分。于是我只能让我的出版商给我写一封信，信上说为了安排某本书的出版事宜，我必须前往纽约。外国人可以去美国挣钱，但是仅仅是去花钱就不行。在我看来，美国国务院的官员们未免太过谦逊，居然认为外国人不会光为了找乐子而前往美国。反正这次我的理由足够充分，轻松拿到了签证。然而，为了让护照管理局发放出境许可，我还得先拿到信息部批准（而信息部在对待作家时总是怀着些狐疑），再拿到财政部的批准。

伦敦大轰炸已经开始。鉴于这本书不打算描述历史大事，我不会就此事多说什么，只讲一点它如何影响了我这个人的日常生活。白天的空袭不会带来什么大麻烦。人们不会特意在空袭来临时去逛街。就算人在室外，也不会太理会空袭。起初每次警报拉响，政府部门都会关闭，让员工下楼钻进防空洞。然而这样的做法太过影响工作，于是上面发布指令：不管是否有空袭，工作都要继续。大商店会关门，但小店铺继续营业。刚开始时，大家都会使用防空洞。

然而到了后来,有一次我偶然钻进去,想看看里面是否有很多人,却发现里面空空如也。伦敦市民很快就习惯了空袭。大街上的男男女女仍和往常一样多,浑若无事地逛商店。随着空袭变得频繁,有时你甚至难以分辨自己听到的是警报还是警报解除。我在多切斯特酒店顶楼有一个房间。一天下午,我正躺在床上读书时,警报响了起来,同时我也听见头顶有飞机轰鸣。我正在琢磨前往底楼大堂是否足够谨慎时,一位女士打来电话。她并没有什么事,只是觉得孤独,想聊聊天。我觉得这不是聊天的好时候,因此大概没有什么话说。然而我时常会注意到这种现象:如果一个女人手里拿着电话听筒,就会很难放下来。尽管我的回复都很简短,这位朋友仍然聊遍了各种话题。最后她恼火地说道:

"不知道这台破电话是怎么回事。我听不见你说话。你那边为什么那么吵闹?"

"现在正有空袭。"我轻描淡写地说。

"是吗?奇怪,我还以为是警报解除的声音。天上还有飞机吗?"

"有的。"

"啊?在哪儿?"

"唔,其实就在我头顶上。"我回答道。

就在这时,海德公园的防空炮猛烈开火。电话那头陷入一阵沉默,然后再次开口,声音压得很低:

"或许我该挂了。"

"或许吧。"

"下次再打给你。"她决然地说。

后来,德国人开始在夜间空袭。我记得第一次是在九月初的一个星期六。那以后,每逢黄昏,他们就准时到来,直到第二天天亮。头两晚上我还睡在自己房间里。这个房间在十三楼,然而百码之外的防空炮火的声音仍然震耳欲聋。每当有炸弹落在附近,整座酒店就会猛烈摇动,就像一条刚从海水里爬上岸的狗。入睡变得艰难起来。于是我再也顾不上体面,老实钻进了防空洞。在防空洞里的第一天晚上我睡在三张椅子上。老实说那不怎么方便。我想不出为什么不能让自己尽量舒服点,于是我去了塞尔福里奇商场,给自己买了张垫子。我把垫子带进防空洞,找了个好位置放下。此后我便在酒店房间里更衣,换上睡袍,再带上两个枕头和羽绒被,下楼去防空洞。鉴于我曾在"索尔特盖特"号的铁甲板上睡过三个星期,眼下的条件堪称奢侈。我睡得像个孩子一样香。时不时,我会被海德公园传来的炮声惊醒,然而那样的噪声只会让我安心,所以我可以很快再次入眠。警报解除的汽笛声会在早上五点到六点之间拉响。这时我也会被人群的喧嚣唤醒。然后我会前往防空洞隔壁的厨房,让厨师给我一杯咖啡。他那里总会有前一天晚上的新消息。我总会和他聊上一小会儿,然后才到房间去,在那里继续睡到早餐时间。

三十五

刚开始,伦敦的社会生活并没有太多变化。当时我去过的一次晚宴堪称我这辈子最奇特的经历之一。晚宴地点位于威斯敏斯特的一所老宅。在过去几年里,这些老宅成了热门场所,部分是因为它们富有特色的格子墙面和漂亮的烟囱,部分是因为这里很安静,而且离国会不远。参加晚宴的一共是十个人。晚餐过后,我们上楼进入会客室,发现女主人早已准备好一场惊喜。在当时的局势下,音乐家们普遍过得不好,因此好心人时不时会出点小钱邀请他们演出。准备为我们演奏的是一位钢琴家、一位大提琴家和一位小提琴家。等我们在扶手椅里舒舒服服地坐下,他们便开始演奏海顿的一首奏鸣曲。演奏刚刚开始,外面就传来撕破夜空的警报声。几分钟过后,防空炮火也响了起来,距离我们近在咫尺。看起来德国飞机距离我们也不是太远。然而音乐家们继续表演,没有人分心去理会外面那场末日般的扰动。表演结束时,我们纷纷鼓掌,仿佛没有任何事情打扰到我们欣赏美妙的音乐。炮火仍未停歇,而他们又开始演奏另一曲。我们度过了一个美好的夜晚。空袭仍未停止,而我们不可能无限期待下去,只能各自回家。

郊区的晚上不容易叫到出租车,而在街上步行也不方便——不是因为可能会有炸弹落下来,而是因为担心防空炮的弹片。有些人会戴着铁皮帽子走路。有个和我在多切斯特酒店一起吃过饭的家伙在回家路上走到皮卡迪利大街时,亲眼看到一枚炸弹落在他前方五十码远的地方。当时他立刻卧倒在地。后来他对我说：

"还好当时没下雨，要不我的衣服可就完了。"

许多人选择在用晚餐的地方过夜。因此多切斯特酒店的大堂挤满了人。他们会待到黎明，等听到警报解除的声音才走。有些人只是来吃晚饭的。有些人就住在附近，因为房子周围没有防空洞，所以来这里躲避。还有些人只是比起钻进酒店的防空洞更喜欢待在大堂。然而也有些人不为环境所动。穿晚礼服的人不多，但是我认识的一对夫妇（一位在职业生涯里为这个国家做出了杰出贡献的尊贵老人，以及他的妻子）每天晚上都会穿得体体面面，仿佛周围没有任何坏事发生。这对夫妇经常到多切斯特酒店来和朋友共进晚餐。到了晚上十点，不管空袭有多厉害，他们都会让人叫来出租车，然后安安静静坐车回家。我碰巧也出席过一次他们的餐会。而且被这位夫人批评穿得太随便。

"我不明白，"她说，"难道因为有空袭，一位绅士就可以不用穿得像一位绅士吗？"

另一次，一个多年的老朋友来到这里和我一起吃晚饭。她是一位睿智的女士。我们一直聊天到很晚。最后她对我说：

"你看上去有点疲倦。我该回家了。"

恰好当晚的空袭特别厉害。于是我对她说最好不要出去。

"你都在瞎说些啥呀，"她回答我，"快帮我叫辆出租车。我从来不理会什么空袭。"

我按她的吩咐做了。第二天一早，我被送信的人叫醒。信是她用铅笔写的。她告诉我：昨晚她被出租车司机送到家之后，她觉得在这样的夜晚里司机在外面太危险，于是让他留了下来，还和他聊了一晚上。她觉得那个司机是个顶有趣顶可爱的人。这封信正是她委托警报解除之后可以出门的司机送来的。

空袭刚开始那段时间,穷人中有很多抱怨,因为炸弹总是落在他们居住的区域。于是他们发问:

"为什么希特勒不往西区扔炸弹?"

这段时间里,穷人付出的代价最大。住在修筑精良的大房子里的有钱人可以躲在地下室,相当安全。如果炸弹落下,他们最多有些擦伤,有很大机会活下来。只要不是直接命中,炸弹最多震碎他们的窗户,除此之外不会造成太大破坏。然而大多数工人阶级住的长排小屋都修得很单薄,根本起不到什么保护作用。哪怕炸弹落在马路中间,也很可能让整条街变成瓦砾堆。成千上万的人因此失去一切财产,变得无家可归。他们的银行账户里也没有钱,没法让他们去住旅馆,买新衣。在考虑接下来该怎么办时,他们在这个国家里也没有朋友可以暂时收留他们。他们勇敢地直面危险,用幽默来应对种种难处。我认识一个住在伯蒙西的穷苦女人。她住在为消灭贫民窟而建的市政公屋里,是个寡妇。她的两个孩子结了婚,一个小儿子被疏散到乡下,还有个大儿子被征召入伍。因此,她的住处对她一个人来说有些太大。可是她等了好些年才分到这套房子,舍不得离开。房子后来毁于空袭。她只说了这么一段话:

"我反正也付不起租金,本来就该换套小点的房子,而且我也没法带走所有家具。或许德国人炸了它也不是什么坏事。至少我不用花钱存放家具了。"

一天早晨,多切斯特酒店的一个夜班行李员回家吃早餐。他一边吃腌鱼,一边对妻子说:

"亲爱的,能关上窗户吗?今天早上有点冷。"

妻子咯咯发笑。

"我们没有窗户了,亲爱的,"她回答道,"我忘了跟你说,昨天咱们这儿被轰炸了。"

行李员哈哈大笑。

然而轰炸很快就轮到了西区。邦德街和附近街道的路面上撒满了碎玻璃。我有个朋友住在奥尔巴尼街那栋浪漫主义风格的老式房子里——拜伦曾经在那住过。他被爆炸直接震下了床,摔落在地板上。伯灵顿拱廊街是三十年前爱时髦的年轻男人买衬衫和领带的去处,如今已经是一片瓦砾。如果你走在梅菲尔区那些十八世纪风格的街道上,那里的景象也会让你难过:原本是精美老宅的地方如今只剩一个巨大缺口;时不时,你还能看见某处残存的卧室地板上有一只抽屉柜摇摇欲坠,或是一件大衣凄然地垂在挂钩上。承受了财产损失的人们表现出不同寻常的淡定。一天早晨,一个因为轰炸而逃离公寓的女人来到多切斯特酒店。她的家具都没了,衣服也只剩下身上穿的。然而她的情绪丝毫不见低落,说起这件事还乐呵呵的。然后,她坐下来用早餐,想给自己的咖啡要些奶油。当她被告知没有奶油时,她再也控制不住情绪。那是最后一根稻草。

"我的公寓被炸没了,"她哭着说,"这个世界上所有属于我的东西都没了。现在更好,连奶油也没了。这个国家是不是要完蛋了?还能有什么别的可能?"

面对种种艰难,人们竭尽全力去适应。因为夜间轰炸而流离失所的男人第二天一早仍然照常上班。有一天,我有事必须去英格兰银行,而之前它刚刚被炸弹炸个正着。银行里的每扇窗户都碎掉了,有些办公室一片狼藉,让人不忍心看。然而生意仍然照常运行。最大的不便似乎就是有些职员不得不搬出原来的办公室,因此顾客需要些时间来找到他们的新办公地点。我的一个朋友住在麦达维尔。一位杂货店老板通常会在每天早上十点路过他的住处,收取新订单。这家小生意属于一对夫妇、他们的儿子儿媳和他们的未婚女儿。他们都住在店铺楼上。店主的女儿是个脑子很灵的姑娘。有一天,当全家人在一起的时候,她对他们说:

"我觉得,我们所有人这样住在一起是个错误。如果店铺被轰炸,我们很可能一起被炸死。那样不光生意完了,也会吓坏顾客。我觉得我们应该分开住。"

听起来是个好主意。于是店主的儿子和儿媳在附近街上找了一个房间,女儿找了另一处,父母则留在店铺楼上。没过几天,这家杂货店就遭到轰炸。老两口被人从废墟里救出来送进医院。还好,他们伤得不是很厉害。随后,年轻的儿子和妹妹一起商量接下来该怎么办。他们最关心的是不能让老顾客陷入不便,于是他们找到两三条街外的另一家杂货店店主,问对方能不能让他们在他的店里重新开张。这位店主同意了。当天上午十点,这个年轻人准时拜访了我朋友的住处,照常收取订单,就像什么都没有发生过,什么都没有改变。

许多人离开了伦敦,但也有许多在伦敦没什么要紧事的人拒绝离开。后者喜欢周围总有事情发生,甚至莫名其妙地喜欢这样的刺激与冒险。大体而言,人们对空袭的恐惧远不及上次大战期间。当然,他们仍然会愤怒。我认识一个住在东区的人。有人看见他在一次猛烈空袭中跨过一具尸体,朝头顶的飞机愤怒挥拳。很难说得清人们到底受到了什么样的影响。某种形式的宿命论很有市场。我甚至觉得存在着一种相当普遍的情绪:如果炸弹注定会落到你头上,那就是躲不掉的,没有必要操心。然而,人群中也有另一种奇怪的念头,即别人也许会被炸,但自己永远不会。无论男女,想法都差不多。我认识一个这样的人。他是个身材魁梧的大块头,说话粗声粗气,然而他的神经完全崩溃了。他没法入睡,没法工作。每次空袭都会让他吓得不知所措,只能在防空洞里坐着读侦探小说,一坐就是好几个小时。后来他终于忍受不下去了,只能逃往安全的偏远地区。上次大战期间他在法国。当时一颗炸弹正好落在他所在的建筑。那个伤员救护站里只有他一个人活了下来。我也见过有些女人害怕得发疯,可仍不肯离开伦敦,因为她们的丈夫和儿子还在这里。她们不愿意和他们分开。她们对家人的爱压倒了对炸弹的恐惧。当然,这些神经脆弱的人只是例外。大多数人似乎比以前更有活力。他们喜爱这种生活在乱世中的刺激感,不是自嘲就是彼此打趣。我离开英国之后,一位老太太给我写信说:"我不知道是空袭没那么厉害了,还是我已经习惯了,反正它们再也打扰不到我晚上的休息了。老实说,跟我那女婿比起来,空袭要有趣得多。"

三十六

有一天我去了伍里奇。我们的车还在路上时,汽笛响了起来。然而跟往常一样,没人把它当回事。车流继续滚滚向前。街上的行人继续走动。偶尔会有两三个人站在门廊上抬头望天,期待能看见飞机。有些商店会关门停业。除此之外一切如常。我们在午饭前赶到大兵工厂,这时才听见警报解除的声音。我来这里不是为了参观车间,而是来看一场演艺会①。表演时间正好是工人们吃午饭的时候,场地就是工厂里的一个食堂。

表演者已经在那里等着了。两个女孩穿得一模一样,都是华丽而廉价的舞台服装。此外还有一名滑稽演员、一名钢琴师和一个小提琴手兼吉他手。通常你能在英格兰海滨度假地的海滩上见到这种演艺团。如果天气好,他们就会在露天演奏;天气冷的话,他们就会搭起帆布篷。如果整个夏天天气都不好,对他们来说就是灾难。你会好奇到了冬天他们要怎么营生。恐怕想在乡下的杂耍剧场找到工作都不容易。或许到了圣诞季,那两个姑娘能在哑剧舞台上干几个星期吧。无论用多么宽容的眼光来看,我都只能说他们的表演乏善可陈。就这场表演来说,两个姑娘中的一个大概不到三十岁,长得还算漂亮;另一个就完全是个中年女人,涂着厚厚的脂粉,面容干瘦,头发还漂白过。滑稽演员有五十多岁,告诉我说他的儿子在敦刻尔克大撤退中受了伤。这个小班子几乎让人觉得太过可悲,然而他们有高昂的情绪,也享受工作的喜悦。他们为自己所能做的事而自豪。

工人们涌了进来,在长桌边各自坐下。每人都有一盘食物,那是柜台里的服务员递给他们的。他们一边吃,一边等着看演出找乐子。这些人碰巧大多数都是女人,其中有不少还随身带着织活儿。至于那些匆匆忙忙吃完午餐,只等着看表演的男人,都三五成群站在后排或边上。他们吃得还不错。我知道这一点是因为后来我也吃了。餐食的选择不少,价钱也便宜得很。我要的是牛排布丁、糖浆馅饼和一杯咖啡。演出持续了二十分钟。开场很普通,是全团合唱一首歌。随后是滑稽演员的表演。他特意戴了一顶圆顶帽来表明自己的滑稽。接下来,先是两个女人中年轻些的那个演奏六角手风琴,然后年长而涂着厚厚脂粉的那个开始唱歌。她的声音很小,而且还伤了风,却有用不完的活泼劲儿。观众渐渐入戏。很快她就让他们跟着齐唱起来。转眼间,原定的音乐会变成了欢乐的合唱,而这正是观众们想要的。接下来的时间里,他们全都加入,唱起各种老歌的副歌和片段。音乐会结束了。表演者匆忙离开,赶往另一个食堂准备下一场演出。他们每天演出四个小时,白天两个,晚上两个。每个食堂每周能轮到一次,但他们的演出太过成功,因此人们正在想办法让他们来得更勤。

我不知道在工厂里举行演艺会让工人们得到一点娱乐最开始是谁的主意,但我知道,当有人把这个方案提交给劳工部长欧内斯特·贝文时,他一眼就看出其中的价值,立刻付诸实施。正是出于他的建议,我才会跑来亲眼看一看这项计划有多受欢迎。欧内斯

---

① Concert party,亦称 Pierrot troupe,指由多名表演者(Pierrots,原义为法国传统戏剧中的白面男丑角)组成的演艺团体,在 20 世纪上半叶的英国甚为流行。

特·贝文是个了不起的人。他看上去并不像个英国人,块头很大,面庞凹陷而宽阔多肉。他的皮肤黝黑发亮,眼睛呈深棕色。要不是他面容奇特,你会以为他是个意大利人。他的声音洪亮好听,说话时活力十足。他有一种咄咄逼人的自我中心风格。第一人称单数代词是他的谈话里出现得最频繁的一个词。就我自己来说,别人的自负不会让我感到受辱。普遍而论,我从来没觉得谦逊是政客的特色品格,也不确定它是否算是优点。处在担负重大责任的位置上,一个人只有对自己的判断充满信心,才能做出有效的行动。他必须相信自己所做的决定是正确的,而这种确信只能来自良好的自我感觉。欧内斯特·贝文相当自负,但我不认为这是他的缺点。

此人的生涯经历颇为出色。他出生于布里斯托尔的一个工人家庭,十一岁就开始工作,干过各种活计,还当过码头工人。战争爆发之初,他是运输和一般工人联合会①的总书记和工会理事会成员。因为觉得这样的位置已经足够有权力,他此前一直拒绝进入国会。他在工人中拥有巨大的影响力。直到温斯顿·丘吉尔想出让他当劳工部长这个好主意,他才接受了下议院中的一席位置。他在国会中的一些同僚无疑会因为他的某些特质而感到受辱,但是他的诚挚、爱国、雄辩和充沛精力给所有人都留下了深刻印象。欧内斯特·贝文说服各个工会接受必要的管理以有效利用劳动力。若非出自他的提议,工会很可能会拒绝这样的办法。这些政策极为重要,因为它们意味着工人们主动放弃了一部分他们通过多年斗争才争取来的、有足够理由珍视的权利。当然,我们不能据此认为劳工

---

① Transport and General Worker's Union.

部关心的仅仅是增加战争物资生产的劳动效率。社会服务不仅得以保持，还有增加。此时，这个部门出现了某种值得留意的变化。它创建于1917年，是贸易委员会的衍生产物。它的工作很有价值，但是所涉范围一直不大。然而，随着战争的到来，这个部门需要处理的事务大量增长，也有了一支庞大的工作人员队伍。熟悉该部门事务的公务员是这里的中坚力量，但劳工部雇用的大部分人员都不是专业人士——尽管他们各有专长。

英国的公务员群体是一群相当聪明的人。他们品行端正，一丝不苟，办事勤谨，但他们总是拘泥于成规。在我看来，我们有足够充分的理由认为公务员对建设性努力怀有天生的敌意。为了阻挠这样的努力，他们已经掌握了我们难以企及的技巧。他们缺乏责任感，并且已经找到了避免错误的诀窍，那就是什么都不做。不得不和他们打交道的倒霉蛋会觉得这群人并不把自己当成公众服务者（虽然这的确是他们的职责），而是一台机器的管理者。近年来，他们已经掌握了一种近乎绝对的权力，并且无情而决然地使用它（当然，他们依旧会表现出一成不变的谦恭）。关于他们这种因循守旧，我有一个微不足道的例子。它听起来荒谬，但向我讲述此事的人相当可信，并且向我保证了它的真实性。如果陆军部的一位将军需要一辆车出公差，他得填五份申请表，而且表格都需要一名与他军衔相当的军官签字。此后这份申请才能提交给一名公务员。而如果这名公务员觉得合适的话，他完全可以拒绝批准。

多年以来，劳动部雇用的公务员一直关注着工业生产，关注着它的各种问题和困难，因此不像其他部门的公务员那样远离现实生活。劳动部也得益于这一优势。他们心怀善意，利用他们的专业知识与那些在工会中有重要地位的劳工合作。合作带来了弹性,让人们愿意给那些美好的想法一个尝试的机会,愿意鼓励创新。

三十七

劳工们同意放弃许多艰难争取得来的自由。许多人冒着生命危险工作。他们每天工作许多个小时,甚至放弃了星期天的休息和暑期的休假。当胜利到来之日,他们会希望得到回报,而每个头脑正常的人也都会认为他们理当得到回报。那么,到底应该是什么样的回报呢?很可能,在到时候举行的大选中,工党将赢得下议院的大多数席位。工人阶级将掌握权力。那么他们将如何运用这权力呢?

当然,我不是预言家,也不是政客;我的看法毫无参考价值。我采访了各种人,有工厂里的技工,有工头,也有劳工领袖。我只想把我所以为的他们的想法告诉读者。如今的劳工领袖不是一群头脑冲动的年轻革命者。他们已经到了成熟的年纪,也展现了成功领导庞大组织(如各种被称为合作社的联合会)和管理工会事务(他们不是工会的主席就是书记)的能力。让他们联合起来的是这样的共同愿望:改善工人阶级的生活状况,保护他们的工作和休闲权利,并在他们退休之后提供生活保障。我在伍里奇军工厂曾与一名男子交谈。他的职责是保障工人的福利,为他们排忧解难,化解争议。此人很有头脑,也有同情心。我问他工人们如何看待工时延长、假期取消和权利削减。他告诉我:工人们没有埋怨,因为他们知道这是必须的牺牲;让人惊奇的是这千千万万人中几乎没有人出来找麻烦;他们只关心一件事——赢得战争。

"然而当战争结束之后,"他补充道,"他们会想要拿回他们的权利。如果不还给他们,就会出问题。有太多东西他们希望改变了。"

当我向海军部第一大臣亚历山大问起他预期中战后的英国会是什么样时,他只说了一句话:那将是一个人人有工作的国家,没有巨富,也没有赤贫。

我采访的这些人都是有头脑的。在我看来,他们的想法不会让任何理智的人感到惊吓。他们期待着战后立刻会有经济繁荣,正如上次大战之后那样。但他们也完全清楚繁荣之后会有萧条,和从前一样。得益于过去的经验,他们迫切希望能避免萧条的灾难性后果。不用怀疑,整个英国到时候都会一贫如洗。我们会有巨额债务要还,却没有钱来还。劳工们已经预见到:长工时制度无疑还将持续好些年;只有情况得到改善,我们才有机会再次严肃考虑每周四十小时工作制的理想。他们的想法是应该采取措施让基本生活必需品的提供者由私营企业转为国有企业。他们希望国家贸易应该以有益社群为目的,而非让私人获取利润。这样的想法意味着革命,但在我看来,这将是一次一致同意的革命。我发现有产者已经深刻认识到工人阶级展现出来的慷慨、理性和勇敢,也已经准备好让工人阶级享有他们理应享有的福利——无论那需要他们付出多么痛苦的牺牲。我也曾听见住在大宅华厦中的人承认自己的时代已经过去。他们愿意接受预期中生活方式的改变,不会有怨言,甚至心有欢喜。

三十八

回到英国之后,我见到的每个人都风风火火地工作。那些无能者、自私者、谄媚者和怯懦者离开了他们本就不该占据的舞台中心(有时我们也用无足轻重的虚誉给他们送行)。在我看来,这个国家前所未有地团结。我甚至有一种想法:这场危机正在破坏我们的阶层意识,而这种意识正是英国人生活中的糟粕。我有好些朋友住在伯蒙西——伦敦较为贫穷的地区之一。这里的年轻小伙子在被征召入伍之后大为意外地发现自己还挺喜欢当兵。军营里的床更好睡,吃的也更好,都是他们以前的生活比不了的。户外的日常操练增进了他们的健康。放假回家时,他们又因为身上的军装而大受姑娘们的欢迎,这也让他们心中因报效国家而生的自豪感增加了不少。不止一位母亲这样对我说起她们的儿子:"哈哈,参军让他成了真正的男人。"关于他们如何跟那些不属于工人阶级的战友打交道的问题,我也曾经问过其中两三个小伙子。当然,我会尽量问得有技巧。

"哦,他们挺好的呀,"他们这样回答我,"说实话他们跟大家没什么区别。"

你们美国人称之为特权阶级的那些人里当过兵的我也见了不少。他们同样喜欢军旅生活。他们和那些屠夫、面包师、制烛工打成一片,和他们同吃同睡,也一起劳动,一起游戏,并且乐在其中。我几乎可以肯定,是他们为化解隔阂做出了最多努力。有一种错误的想法认为有钱人（或者说至少是英国的有钱人）在面对比自己社会阶层更低的人时会保持距离。恰恰相反，穷人对阶级差异最为敏感。他们会用怀疑的眼光看待那些受过更好教育、掌握更多资源的人。靠着自己的良善性情和良好头脑，那些出身上层的年轻人努力化解了这种怀疑。我认识好几个这样的年轻人。他们太热爱普通士兵的生活，因此不愿意满足上级军官的希望去申请军官职位。

英国人有一种印象，觉得自己在海外广受欢迎。因为他们有钱又随和，因为他们喜欢旅行，走到哪里都像回到自己家一样，所以他们觉得自己讨人喜欢。然而在这场战争中，他们震惊地发现这样的印象只是幻觉。要我说的话，我觉得应该承认他们有许多优秀品质，但他们并不平易近人，也相当腼腆。看到英国人在国外努力讨好当地人，却只能事与愿违地冒犯他们，有时候不禁让人心生同情。外国人指责我们势利，而这种指责并非没有理由。势利很可能是我们最糟糕的缺点。或许它天然存在于英国人的品格中，因为我们不能假设只有上流社会和中产阶级才有这种毛病——它在劳工阶层中同样明显：一个技术工人的妻子会犹豫要不要和普通工人的妻子打交道。我自己就知道伯蒙西有一个这样的例子，那是一个十分善良也十分美丽的姑娘，嫁给了一个印刷工人。她的夫家看不起她，就因为她出身于一条被认为是不好的街道。其实在我眼里，她夫家所在街道那一排排简陋的小房子和她娘家那条街道上的那些完全一模一样。两条街相距不到一英里。

话说回来，富裕阶层的势利无疑与他们所受教育的排外性有关。一个多世纪以来，公学（也就是美国人口中的私校）一直是英国人生活中的重要特征。许多优秀的人都认为英国人的优良品质要归功于公学。人们普遍认为（虽然在我看来并不正确）威灵顿公爵曾经说过:滑铁卢战役的胜利是在伊顿公学的操场上取得的。如今的父母们不再负担得起把儿子送进这些昂贵学校的费用——光是为了维持生计,他们中的许多人已经需要绞尽脑汁。这些公学要想维持下去,必须回归它们设立之初的传统,即成为让富人(如果说还有富人的话)和穷人都能得到同等教育的公共学校。它们已经不再能发挥作用了。如果劳工领袖们愿意的话,我倒觉得,把这些公学改造成类似法国的高中和德国的文理中学那样的机构只有好处没有坏处。

如果所有人不论贫富贵贱,都能在一起接受教育,那种严重阻碍人们相互理解的阶层意识自然会消失。不论出身,不论条件,只要在同一所学校里做同样的作业,玩同样的游戏,这些男孩们就是平等的。在我看来,我们甚至可以如此期望:当这些孩子长大成人,不论他们后来的境遇如何,他们都会继续保有那种在学校里不知不觉习得的意识——人与人在本质上是平等的。很可能,当某个阶层的英国人最有可塑性的几年不是和其他男孩放在一起管教,而是在家里度过,白天去去学校和各种各样的男孩接触的时候,他们会失去那种羞涩,不再让那些不了解他们的人错误地认为他们过于自命清高。那样一来,他们就更容易得到自己的优秀品质所配得上的善意。

三十九

不管怎么说,现在我的文件都齐了,只需要坐等一张去里斯本的机票。我在一天下午从伦敦出发,坐火车去布里斯托尔。第二天一大早,我坐车前往机场。我将要搭乘的是一架陆上飞机,于是我问飞行员如果需要迫降的话会不会有问题。

"那就只能说是倒霉了。"他回答道。

我们飞向大海。一路上舷窗都遮挡起来;有时还有喷火式战斗机①伴飞护航。六个小时后,我们抵达里斯本。飞机上乘客很少,却装了大量邮件。我的运气一向不坏,不管去哪里,总能碰上因为不同理由让我感兴趣的人。这一次,我和同行的一个美国人交上了朋友。他是个朴拙的年轻人,块头很大,笨手笨脚,宽大的面庞上有一种天真的神采。他有一双灰暗的大眼睛,眼神友善,还有一头乱糟糟的浓密头发。他的衣服不太合身,显得臃肿,又戴着一顶有些吓人的高帽。他告诉我:他和另外大约四十个美国人(如果我没记错的话)此前在格拉斯哥大学学医;战争爆发时他正要参加结业考试;那以后他就一直在等离开的机会。我问他既然美国有那么多大学,为什么美国人还要去格拉斯哥读书。他说在美国如果你既没有钱也没有门路,就不太可能被好的医学院录取。在我看来,一个富裕的民主国家竟然会有这种事,未免有些出人意料,不过我也没有理由怀疑他的说法。后来我发现他以前从未踏上过欧洲大陆,不懂英语之外的任何语言,兜里也只有几张美元。我知道里斯本现在挤满了逃难者,因此事先通过电报在一家酒店订了房间以备不测。他却没有任何计划,既不知道自己去哪里,也不知道要怎么度过这段时间。我从来没见过一个人如此无助。

我觉得自己不能把他抛在一个陌生的城市里自生自灭,于是当我们着陆时,我提议说他可以到我的酒店去。如果到了那里他订不到房间,至少可以在我的房间里睡沙发,哪怕睡在两张椅子上也行。然而当我们来到酒店时,我沮丧地发现他们并没有房间给我。于是我们回到出租车上。还好,司机听得懂西班牙语,因为我完全不会葡萄牙语。他带着我们跑遍了城里的每一家主要酒店,然而每一处都爆满。在街上转悠了两个小时之后,我们总算在一家小旅馆里找到了一个有两张床的房间。这里谈不上干净,床单更是让人生疑。吃的也很糟糕。然而至少它很便宜,这对我们两人来说都是好事。我离开英国时身上只能带十镑钱。考虑到这里有无数人想要乘飞机②或坐船去美国,我们还不知道要在里斯本滞留多久。像这样被迫和完全陌生的人亲密相处是一种奇特的体验。这个小伙子很随和,又因为我的照顾而特别感激我,甚至到了令我尴尬的地步。我们白天晚上都在一起,也一起在警察局度过许多时间,和各式各样的外国人——波兰人、法国人、德国人、比利时人、捷克人、俄国人——一起排队,接受护照检查,因为葡萄牙当局对外国人的审查特别严苛。在里斯本度过的一个星期里,我觉得自己光是在不同的办事处里无聊地站立等待的时间就超过十二个小时,只为得到停留许可和离港许可。我一直不知道这位朋友

---

① 喷火式战斗机,Spitfire。
② Clipper,应指波音公司在 1938—1941 年间制造的长程水上飞机 Boeing 314 Clipper。这是当时最大型的飞机之一,可以执飞跨大西洋航线。

的名字。大概我这辈子从来没遇到过这样一个以学问为业却如此无知的人。我想不出任何一个他不是完全无知的领域（也许他本人的专业领域除外）。我也想不出他要如何适应美国生活中那种艰难的竞争。很明显，他毫无躲避风险的意识。最后，我有些恼火地对他说：

"可怜的孩子，你真是什么都不懂。"

他迟缓地对我露出微笑。笑容有些羞涩，讨人喜欢。

"我知道我什么都不懂。我十二岁就开始给人当跑腿，一直没有时间学习。"

我感到深深的自责，真希望能收回那句话。他讲起自己为了得到教育机会而干过的各种工作。真是一篇冗长的叙述，又奇怪地引人同情。我开始思索是否有一种更好的社会组织方式，让有理想又勤奋的穷孩子有机会得到训练从事自己选择的职业，不必在漫长而又令人麻木的辛苦中被榨干活力。这个年轻人无疑懂得医学（至少足够让他拿到那份他骄傲地向我展示的文凭），但除此之外他什么都不懂。他没有一丝文化气息，没有一丝一毫真正的教育赋予我们的东西。这么多年他一直经受着双重的艰辛，一方面是为了获得技术知识，一方面是为了维持生计。那令人激动、充满希望的青春早已从他指缝间溜走了。他现在年近三十，头脑却还天真得像个十六岁的男孩。我不仅暗暗问自己：这样一个对世界无知到可悲地步的人，除了成为一个麻木的医生，是否还有其他可能。在我看来，他就是那种注定失败的人，让你怀疑他们生而为人到底有什么意义。他甚至没有那种能让愚笨的人粉饰并接受平庸的自满，反而有一种令人喜爱的谦逊。这是一个悲剧性的人生。话说回来，这与我并不相干。四十八个小时之后,他在一条航向纽约的船上搞到了一个床位,笨拙而缓慢地从我的生活中消失了。如果我明天在大街上遇见他,大概已经认不出他是谁。

四十

我在里斯本住了一个星期。这段时间里我四处参观了一番,但并没有走得太远,因为剩下的几镑钱我还得省着点。我终于登上飞机时,是某天早晨的九点半钟。在纽约落地时已是第二天下午一点出头。此时我兜里还有三美元,于是我用它点了一杯老派鸡尾酒。

W. Somerset Maugham
STRICTLY PERSONAL
Simplified Chinese edition copyright：
2024 SHANGHAI TRANSLATION PUBLISHING HOUSE (STPH)
All rights reserved.

图书在版编目(CIP)数据

纯属私事／(英)毛姆(W. Somerset Maugham)著；曾毅译.—上海：上海译文出版社，2024.6
(毛姆文集)
书名原文：Strictly Personal
ISBN 978 - 7 - 5327 - 9493 - 5

Ⅰ.①纯… Ⅱ.①毛… ②曾… Ⅲ.①回忆录—英国—现代 Ⅳ.①I561.55

中国国家版本馆 CIP 数据核字(2024)第 084851 号

纯属私事
〔英〕毛 姆／著 曾 毅／译
责任编辑／顾 真 装帧设计／张志全工作室

上海译文出版社有限公司出版、发行
网址：www.yiwen.com.cn
201101 上海市闵行区号景路159弄B座
浙江新华数码印务有限公司印刷

开本850×1168 1/32 印张5 插页6 字数90,000
2024年6月第1版 2024年6月第1次印刷
印数：0,001—5,000册

ISBN 978 - 7 - 5327 - 9493 - 5/I · 5939
定价：48.00元

本书中文简体字专有出版权归本社独家所有，非经本社同意不得转载、摘编或复制
本书如有质量问题，请与承印厂质量科联系。T：0571-85155604